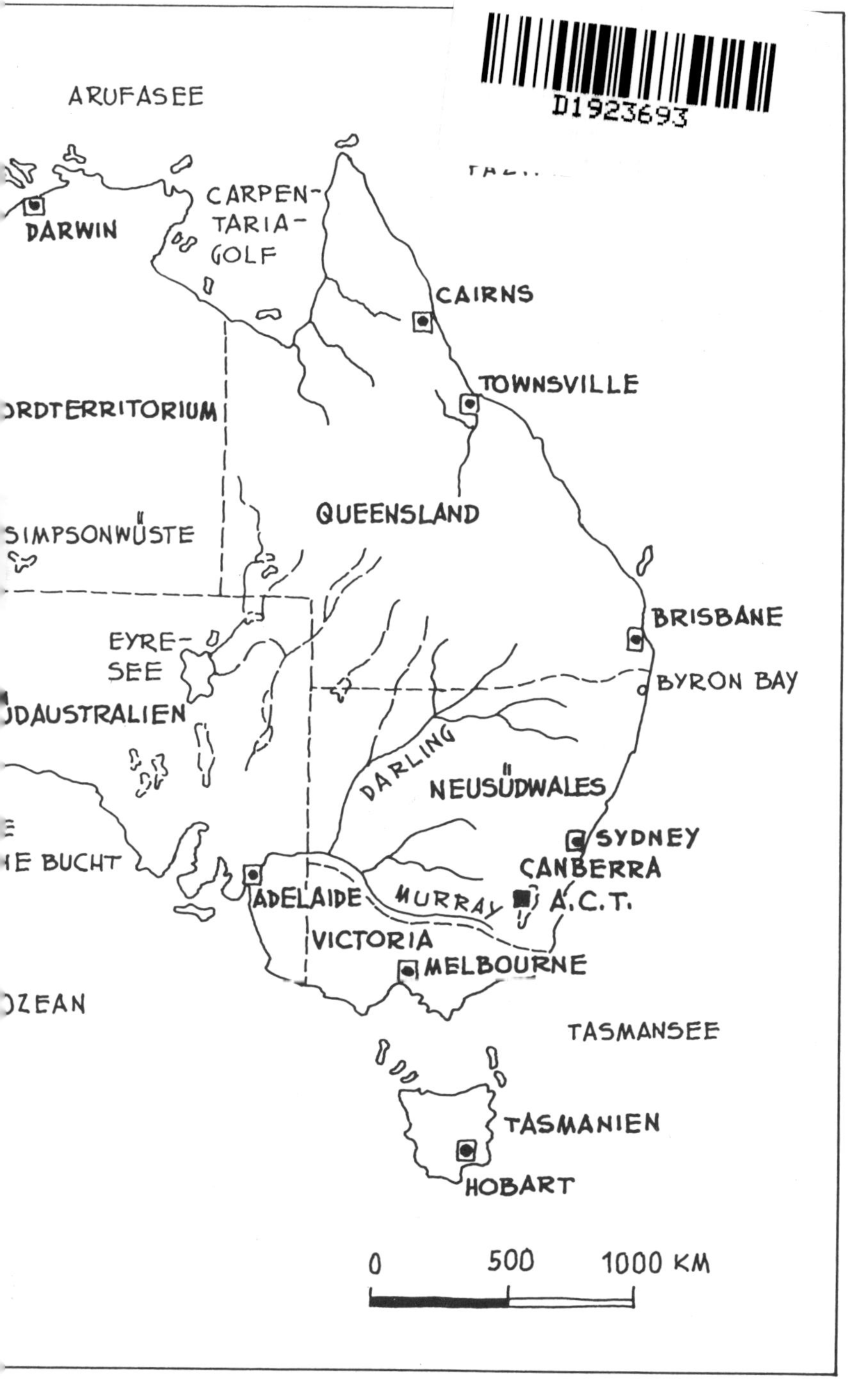
ARUFASEE
DARWIN
CARPEN-
TARIA-
GOLF
CAIRNS
TOWNSVILLE
RDTERRITORIUM
QUEENSLAND
SIMPSONWÜSTE
EYRE-
SEE
BRISBANE
BYRON BAY
DAUSTRALIEN
DARLING
NEUSÜDWALES
SYDNEY
CANBERRA
A.C.T.
E BUCHT
ADELAIDE
MURRAY
VICTORIA
MELBOURNE
ZEAN
TASMANSEE
TASMANIEN
HOBART
0
500
1000 KM

Freeway – auf und davon

Brigid Lowry

Freeway – auf und davon

Aus dem Englischen von Ursula Schmidt-Steinbach

aare

**FÜR SAM, DER PATE STAND FÜR ASHER,
UND FÜR PAUL, DER MIR IMMER SAGT,
WIE TOLL ICH BIN**

Berücksichtigt neue Rechtschreibregeln

Brigid Lowry
Freeway – auf und davon

Aus dem Englischen von Ursula Schmidt-Steinbach
Umschlagbild von Christine Skobranek

(Titel der australischen Originalausgabe: *Guitar Highway Rose*)
First published by Allen & Unwin, St. Leonards, NSW

Printed in Germany

ISBN 3-7260-0519-6
Bestellnummer 02 00519

Die Deutsche Bibliothek – CIP-Einheitsaufnahme
Lowry, Brigid:
Freeway – auf und davon / Brigid Lowry.
Aus dem australischen Englisch von Ursula Schmidt-Steinbach.–
Aarau; Frankfurt am Main; Salzburg: Aare, 1999
ISBN 3-7260-0519-6

ROSIE / SAMSTAGMORGEN

Ich finde einfach keinen Anfang. Unser neuer Englischlehrer, Mr. Epanomitis, hat gesagt, wir müssen ein Selbstporträt schreiben. Es kann ein Porträt der Vergangenheit, der Gegenwart oder der Zukunft sein, fünfhundert Wörter, kreativ und interessant, Abgabetermin Montag. Hört sich einfach an. Ist es aber nicht.

Wie wär's damit:

Ich heiße Rosie Moon. Ich habe noch einen zweiten Vornamen, aber den verrate ich nicht, weil ich ihn nicht ausstehen kann. Ich bin fünfzehn und verzweifelt. Meine Mutter will nicht, dass ich mir einen Nasenring stechen lasse. Sie findet, es sieht hässlich aus, und was ist, wenn ich später mal Rechtsanwältin werden will? Wen interessiert schon, was sie findet? Sie wird langsam eine langweilige alte Schachtel, die alles verbietet. Schrecklich neurotisch ist sie in letzter Zeit. Außerdem habe ich eine Warze am Fuß und mein Bruder hängt Tag und Nacht vor dem Computer. Meine Eltern lassen sich wahrscheinlich scheiden und ich wünsche mir beinahe, dass sie es tatsächlich tun. Ich habe einfach die Schnauze voll davon, sie spätabends streiten oder in diesem frostig-höflichen Ton miteinander reden zu hören, als ob Harry und ich blöd wären und uns davon täuschen ließen. Es ist wahnsinnig heiß, mein Fuß juckt wie verrückt, in meinem Zimmer wäre mal wieder ein Großputz angesagt, mir doch egal, und ich darf nicht zum Strand, bevor ich nicht meine Hausaufgaben gemacht habe. Dideldumdei ...

Das kann ich unmöglich abgeben, auch wenn Mister E. so weit ganz okay zu sein scheint. Er hat einen Pferdeschwanz und trägt Jeans und ein blaues Jeanshemd. Besser jedenfalls als die langweilige Mrs. »Ruhig-Leute!«-Radisson vom letzten Jahr. Noch schlechter wär's aber wirklich kaum gegangen. Mrs. R. war das Allerletzte. So komm ich nicht weiter. Zweiter Versuch:

Ich bin Rosie Moon. Ich bin fünfzehn Jahre alt und wohne mit meinen Eltern, meinem Bruder Harry und unserem Kater Beethoven in einem alten Haus nicht weit vom Strand. Mein Vater heißt Robert und meine Mutter Lily. Sämtliche Frauen in unserer Familie haben Blumennamen. Meine Großmutter heißt Lobelie, meine Tante Iris und meine Kusinen Jasmin und Margerita. Ich finde das bescheuert. Bald gehen ihnen die Blumennamen nämlich aus. Wie soll ich meine Kinder nennen, wenn ich mal welche habe, Gladiole und Clematis? Die Jungen kriegen ja auch vernünftige Namen wie Robert oder Harry und nicht Knöterich oder sonst was Lächerliches. Harry hätten sie allerdings »Distel« nennen sollen, weil er ein Stachel in meinem Fleisch ist. Acht ist ein schwieriges Alter, sagt meine Mutter, aber das hat sie auch schon von sieben gesagt. Harry ist mein Bruder und ich liebe ihn, aber manchmal treibt er mich zum Wahnsinn. Beim Kauen macht er den Mund nicht zu und ständig hat er …

Meilenweit daneben, Thema verfehlt. Das soll ein Selbstporträt sein und kein Klagelied über meinen kleinen Bruder. Beim dritten Mal klappt's. Das geb ich ab, selbst wenn es absoluter Schwachsinn ist. Strand und blaue Wellen, ich komme!

SELBSTPORTRÄT

Ich heiße Rosie E. Moon. Ich bin fünfzehn Jahre alt. Mein Sternzeichen ist Widder, mein Aszendent Fische, weshalb ich eine kreative Kriegerin vom Mars bin, die gerne schwimmt. Ich wohne mit meinen Eltern Robert und Lily, meinem Bruder Harry und einem Kater namens Beethoven in Swanbourne. Meine beste Freundin heißt Pippa und hat blaue Haare. Sie kommt aus Neuseeland und stammt zum Teil von den Maori ab. Ihre Eltern, Vera und Joseph, sind total cool. Sie darf einen Nasenring tragen, na ja, eigentlich ist es ein kleiner roter Glasstecker.

WAS ICH MAG

Rosen, Strand, Musik, morgens lang schlafen, alte Hippieklamotten, alles aus Schokolade, abends spät aufbleiben, lesen, Wolken.

WAS ICH NICHT MAG

Rosinen in der Currysoße, kalten Kaffee, wenn man mir vorschreibt, was ich anziehen soll, Hundescheiße am Schuh, Erwachsene, die darüber reden, wie viel Elend es doch auf der Welt gibt, und nichts dagegen tun, weich gekochte Eier.

PIP UND ROSIE AM STRAND

»Wollen wir noch mal reingehen?«, fragt Pip.
»Nö, lass uns einfach eine Weile ausruhen. Kann ich dein T-Shirt haben? Ich kriege einen Sonnenbrand. Wo hast du das eigentlich her?«
»Klar kannst du's haben. Hat meiner Mutter gehört. Schau dir bloß mal meine Knie an, dick und knubbelig.«
»Sind sie nicht. Du spinnst ja.«
»Sind sie doch. Kuck sie dir doch an. Aber egal, was machst du heut Abend?«
»Nichts. Meine Eltern wollen sich einen ruhigen Abend machen. Meinst du, du darfst rüberkommen?«
»Nö, mein Onkel hat Geburtstag und macht 'ne Riesenparty. Mit 'ner richtigen Band, großem Festessen und allem Drum und Dran.«
»Geil. Schau dir mal den Typ da drüben an, der mit dem gestreiften Jackett.«
»Ja, nie gesehen. Möchte bloß wissen, warum der am Strand ein Jackett trägt. Der muss doch wahnsinnig schwitzen.«
»Schon, sieht aber cool aus.«
»Und seine Haare – Rastalocken wie Bob Marley.«
»Mmmm, stark. Was das wohl für einer ist?«
»Keine Ahnung, hab ihn noch nie gesehen.«

ROSIES ZIMMER
Französisches Bett mit blauweißem Überwurf aus Bali. Abgeschmuster Pandabär namens Hartley. Blaues Satinkissen. Vergoldeter Spiegel in Form einer Sonne. Alle möglichen Klamotten: romantisch, modisch, schlabberig, unförmig, gammelig. Durchgesessener alter Sessel mit einem weißen Spitzentischtuch als Überwurf. Drei Paar Schuhe: schwarze Docs, abgelatschte Turnschuhe, rote Sandalen. Bücher. Drache als Wandschmuck. Sammlung mit lauter Sachen aus rotem und blauem Glas. Foto von Rosie und Pip, die geschmückt mit Seetang aus dem Meer steigen. Schreibtisch mit einem Riesenberg Sachen darauf, darunter ein Adressbuch mit rosenverziertem Umschlag, Buntstifte, Einwickelpapier von Schoko-Kirschriegel, einzelner Tampon, Gary-Larson-Buch, kleines Kaleidoskop, Plastikananas, Sonnenschild, Mascara, Glitzer-Lidschatten, Mickymaus-Wecker.

ROSIE / SAMSTAGABEND
Nichts los. Mam und Dad schauen sich eine Wirtschaftssendung mit dem Titel ›Die Rechnung‹ an und Harry spielt ›Doom III‹ am Computer. Ich hasse ›Die Rechnung‹. Es ist jede Woche das Gleiche und total deprimierend. Am Strand war's dafür schön. Ich hab mich dort mit Pip getroffen und wir sind eine Ewigkeit geschwommen und haben dann einfach faul rumgelegen. Ich hab sogar mein Zimmer ein bisschen aufgeräumt, damit Mam endlich aufhört sich stundenlang darüber aufzuregen. Sie nörgelt immer nur rum. Es ist mein Zimmer, das sollte sie endlich mal begreifen. Na ja, jedenfalls ist meine Sonnenbrille wieder aufgetaucht. Ich dachte, ich hätte sie in der Schule verloren, aber dann hab ich sie unter dem Bett gefunden, was natürlich ganz gut ist.
Purpurroter Seidenkimono. Eine laue Sommernacht. Weiße Rosen aus dem Garten in einer roten Glasvase. Ich schaue aus dem Fenster hinaus aufs Meer. Wünsche mir, ich könnte rausgehen. Etwas unternehmen. Jemand sein. Jemand anders sein.

Bin unruhig und einsam und gelangweilt. Habe gerade meine Hausaufgabe für Englisch noch einmal durchgelesen und finde sie bescheuert. Rosie in der Gegenwart ist nicht sonderlich interessant. Außerdem ist das Ganze viel zu kurz, nicht annähernd fünfhundert Wörter. Vielleicht die Zukunft? *Rose Starflower lebt auf der Venus. Zum Frühstück nimmt sie eine Regenbogen-Elektronenpille zu sich ...* Zu blöd. Kein Mensch weiß, wie die Zukunft aussehen wird und ob die Menschheit überhaupt überlebt. Ich glaube, ich schreibe ein Fantasie-Porträt, das in der Vergangenheit spielt, in den Bergen von Sydney, wo wir letztes Jahr Urlaub gemacht haben. Das geb ich dann zusammen mit dem anderen ab. Mr. Epanomitis hat gesagt, wir könnten kreativ sein. Wer könnte ich gewesen sein, wenn ich nicht ich wäre?

DIE ROSE AUS DER VERGANGENHEIT

Ich heiße Rose und wurde am 17. März 1934 geboren. Ich bin ein Herbstkind und einer der sieben Sprösslinge von Patrick und Ruby Murphy. Sie sind irische Einwanderer, die im Hafenviertel von Sydney ein kleines Lebensmittelgeschäft haben. Mein Vater pflanzte uns, meine Mutter gab uns Blumennamen und dann wurden wir uns selbst überlassen. Meine Schwestern heißen Lobelie und Iris. Sie sind viel älter als ich und arbeiten im Laden mit, wiegen Reis, Tee und Keksbruch ab und packen alles in Papiertüten. Mein jüngster Bruder ist noch ein Baby und schläft in einer Schublade, eingewickelt in eine Patchworkdecke aus Satin. Rory und der kleine Pat schnipsen Murmeln und toben mit dem Ball auf der Straße herum und kommen ausgehungert und total verdreckt nach Hause. Abends spielt William, mein ältester Bruder, Tanzmusik und Liebeslieber auf seiner Geige, während wir alle am Feuer sitzen, meine Mutter Socken strickt und mein Vater sich über Rechnungen für Reissäcke und Käseräder den Kopf zerbricht. Ich habe langes rotes Haar, das ich zu einem dicken Zopf geflochten trage und einmal in der Woche in der kupfernen Badewanne wasche. Mein Vater sagt, ich sei die schönste Rose von Irland, aber in Wirklichkeit habe ich überall Sommersprossen und bin größer und dünner als jedes andere Mädchen in unserer Straße. Ich mag es nicht, wenn man mich Bohnenstange nennt und meine Lieblingsspeisen sind Klößcheneintopf und heiße Kartoffeln aus dem offenen Feuer.

ASHERS TASCHENINHALT

1 großes Männertaschentuch mit grünen Streifen, schmutzig
1 Einwickelpapier von einem Marsriegel, völlig zerknüllt
1 Schachtel Streichhölzer aus der Universal Weinhandlung, auf der Straße gefunden
1 Päckchen Zigarettenpapier
Geldbeutel aus Bali, Batikdruck in Regenbogenfarben, mit einer Scheckkarte, einem Foto mit drei Leuten drauf, zwei Dollar zwanzig, einem Bleistiftstummel und einer chinesischen I-Ching-Münze mit einem Loch in der Mitte.

ASHER / MONTAGMORGEN

ach du schreck was ist denn los mam in ihrem flauschigen morgenmantel die haare stehen in alle richtungen was steh auf mein schatz es ist sieben uhr diese besorgte stimme oh scheiße erster schultag an der neuen schule muss um halb neun da sein würde am liebsten den ganzen tag schlafen mich umdrehen im warmen bett und wieder eindösen ich hab was geträumt ich bin eine felswand hochgeklettert ganz hoch hinauf mit einem habicht auf der schulter ja ja mam ich bin doch schon auf unter die dusche welches shampoo soll ich nehmen das hier für normales haar wird's tun warum muss alles normal sein ich will eins für unnormales haar ausspülen zum teufel mit der pflegespülung verdammt kein handtuch mam wo ist ein handtuch wo sind meine jeans die socken von gestern unter dem bett die tun's ich brauch neue schnürsenkel für meine docs ja mam ich komme schwarzes t-shirt und auf jeden fall mein jackett ich liebe mein jackett echt cool im secondhandladen nur drei dollar da sieht man meine dürren arme nicht sieht absolut top aus ja mam bin schon da ich trage es weil ich es will basta nein mir wird's nicht zu warm ist sie heute aber überbesorgt hmmm aufwachkaffee danke mam viel brauner zucker ein großer schuss sojamilch auf mein müsli huch danebengegangen egal blöde tetrapacks unmöglich damit was auszugießen schlechtes design vielleicht könnte ich einen neuen supertollen ausgießbehälter erfinden reich werden o scheiße acht uhr putz dir die zähne ich zieh es auf jeden fall an na und wer kümmert sich schon um blöde kleidervorschriften magenschmerzen absolut keine lust in die neue schule zu gehen die vielen augen alle starren mich an ich kenne niemanden bis ich mich da wieder zurechtfinde wenn der tag heute bloß schon vorbei wäre ich komm nach hause schalt den fernseher ein mach was ich will ja mam ich hab mein mittagessen ja mam ich hab meine schultasche ich wünschte ich wär wieder an der bay wünschte ich wär überall sonst nur nicht hier…

KLEIDERVORSCHRIFTEN DER BIRCH-STREET-HIGHSCHOOL

Unsere Schulfarben sind blau, rot und weiß. Sämtliche Schüler haben ordentliche und gepflegte Kleidung in diesen Farben zu tragen. Blazer mit dem Schulwappen sind im Sekretariat erhältlich. Schwarze, gemusterte oder Kleidungsstücke mit Motiv sind nicht erlaubt. Auf Schmuck sollte verzichtet werden. Schüler, die sich nicht an diese Vorschriften halten, erhalten eine Abmahnung. Drei Abmahnungen ziehen den Ausschluss vom Unterricht nach sich. Alle Schüler werden gebeten die Kleidervorschriften zu respektieren.

LIEBLINGSSPRÜCHE DER REICHEN UND BERÜHMTEN

ROSIE: Am Anfang schuf Gott Himmel und Erde. Dann machte sie ein Nickerchen und erschuf Perth.

ROSIES VATER: Wer Pfefferminztee nachmacht oder verfälscht, nachgemachten oder verfälschten sich verschafft oder in Umlauf bringt, ist ein Falschminzer!
ROSIES MUTTER: Gibt es einen Himmel und akzeptieren sie dort Kreditkarten?
PIP: Rettet den Ohrwurm!
HARRY: Haben deine Unterhosen Löcher? Nein? Wie kriegst du dann die Beine rein?
MR. EPANOMITIS: Der Mensch ist eine vernunftwidrige, hilflose, sterbliche Kreatur in einem feindlichen, sinnentleerten Universum. Gott sei Dank gibt es noch Kanal Sieben.
ASHERS MUTTER: Wähle den schleichenden Tod. Heirate.
ASHER: Jeden Tag 'ne gute Tat, heute scheiß ich auf den Staat.

ROSIE / MONTAGABEND

Ratet mal, was heute passiert ist! Wir haben einen Neuen an der Schule, der, den Pip und ich am Samstag am Strand gesehen haben. Er ist uns aufgefallen, weil er wieder dieses schwarzweiß gestreifte Jackett anhatte. Hat echt gut ausgesehen, aber er muss gekocht haben in dem Ding. Er heißt Asher und kommt aus Byron Bay. Pip sagt, das sei eine Hippie-Gegend in Neusüdwales. Er hatte dieses irre Jackett an und ein schwarzes T-Shirt. Ich geh mal davon aus, dass sie ihm am ersten Tag noch keine Abmahnung geben. Er hat ganz hinten gesessen und nicht viel gesagt. Kann ihm auch keiner verdenken – wir haben den fünffüßigen Jambus durchgenommen.
Ich mag ihn. Er sieht irgendwie traurig und intelligent aus. Ich hab's noch niemand erzählt, nicht mal Pip, aber beim Klingeln am Ende der Stunde hab ich ihm einen kurzen Blick zugeworfen und er hat mir zugezwinkert. Ich dachte, ich flipp aus, hab aber zurückgezwinkert. Ich hoffe zumindest, dass es aussah wie ein Zwinkern. Ich bin nicht unbedingt ein Profi im Zwinkern und vielleicht hat es auch nur wie eine Grimasse ausgesehen. Jedenfalls ist Asher das Interessanteste, was mir in letzter Zeit

passiert ist. Wenn ich ihn das nächste Mal treffe, sprech ich ihn an, falls mir was einfällt. Vielleicht sollte ich doch noch Pip fragen, was sie meint. Sie ist das glatte Gegenteil von schüchtern. Mam behauptet, sie könnte jedem Stuhl ein Bein abschwatzen. Harry behauptet, sie könnte locker im Puff einen Aufstand organisieren. Mam dreht jedes Mal durch, wenn er das sagt. Ich weiß nicht, wo er es herhat, vielleicht hat Dad mal so was gesagt, und er hat's wieder nicht richtig kapiert. Harry ist schon merkwürdig. Jedenfalls hab ich heute bei Mister E. mein Selbstporträt abgegeben. Hoffentlich kriegen wir's bald wieder zurück. Mrs. Radisson hat immer ewig gebraucht zum Korrigieren. Sogar die Warze an meinem Fuß wird besser. Das Leben hat auch schöne Seiten.

ASHERS MAHLZEIT NACH DER SCHULE

reiswaffeln mit erdnussbutter und honig tasse kaffee zwei stück zucker schüssel apfelkompott noch eine reiswaffel.

ASHER / ÜBERLEBENDER DES ERSTEN TAGES AN DER BIRCH-STREET-HIGHSCHOOL

wo ist mam sie müsste eigentlich inzwischen da sein aber ich hab's geschafft so übel war's gar nicht aber so gut nun auch wieder nicht schrecklich langweilig diese schule mit ihren strengen vorschriften aber dieses mädchen war seltsam das mich da in englisch angestarrt hat hätte ihr nicht zuzwinkern sollen wollte es eigentlich auch gar nicht jetzt denkt sie sicher ich mag sie die ganze stimmung dort gefällt mir nicht ständig bimmelt die schulglocke und die ganzen leute sehen alle gleich aus absolut öde nicht wie in byron bay ich wünschte ich wäre wieder dort ich wünschte aber das wünschen nützt nichts ich wüsste gern was viv und sam und jesse so machen ob jesse mir schreibt sie hat's versprochen aber wozu eigentlich so weit weg ihr lila spitzenrock ihre roten rastalocken ihr verrücktes lachen es war was ganz besonderes es war sie und ich und viv und sam es war fisch und pommes am strand und bis spät in die nacht es war super und jetzt ist es vorbei die wohnung ist furchtbar es stinkt entsetzlich vielleicht ist die gasleitung undicht sollte besser mal nachschauen ich glaube jetzt kommt mam mann hab ich einen hunger

WAS ASHER AM LIEBSTEN VERGESSEN WÜRDE
Den Tag, an dem seine Eltern sich endgültig getrennt haben.

KURZE BESCHREIBUNG DES STRANDES, AN DEM LILY GLEICH SPAZIEREN GEHEN WIRD
Der Himmel ist blau, zum Atem Anhalten blau und der gerüschte Saum des Indischen Ozeans schwingt in Wellen aus kräftigem Türkis und verwaschenem Grün. Der schneeweiße Sand ist großzügig mit frischen und getrockneten Hundehaufen und Girlanden aus Seetang gesprenkelt, kräuselige Halsketten aus Meeresperlen kurz vor dem Platzen. Draußen am Horizont liegt ein Containerschiff und wartet darauf, dass die Einfahrt zum Hafen freigegeben wird. Vielleicht hat es Schuhe aus China geladen oder tiefgefrorenen Fisch oder teure Antiquitäten. Zwei braun gebrannte Männer in engen, neonfarbenen Radlerhosen joggen locker vorbei. Eine Mutter hilft ihrem pummeligen Kleinkind mit einem roten Eimerchen und einem Spaten eine Sandburg zu bauen und ein sommersprossiger Junge wirft einen Tennisball. Der Dicke, der immer da ist, macht wieder seine einzigartigen blubbernden Hechtsprünge. Außerdem: ein weißer Sonnenschirm, eine verlorene Badehose und vier Hunde: ein Dalmatiner, etwas Wuscheliges, ein Jack-Daniel-Terrier und ein Köter, der irgendwie hinterhältig aussieht. Es riecht nach salziger Seeluft mit einem Hauch von Kokosnuss-Sonnenöl.

LILY BEIM STRANDSPAZIERGANG
»Warum sinkt das Containerschiff da draußen nicht?«, fragt sich Lily und denkt an die Physikexperimente aus der Schule. Damals hatten sie verschiedene Sachen aufs Wasser gelegt und be-

obachtet, was sinkt und was schwimmt. Kork blieb oben und schwere Sachen gingen unter, erinnert sie sich, wie ist es also möglich, dass ein Containerschiff schwimmt? Und überhaupt, wieso bleibt ein Flugzeug in der Luft, während Tennisbälle augenblicklich wieder runterkommen? »Bei Flugzeugen muss es was mit Energie und Treibstoff zu tun haben, aber bei diesen riesigen, schweren Schiffen hat es was mit verdrängter Masse zu tun, was immer das ist … Ich hätte Physik wählen sollen, damit ich solche Sachen richtig verstehe«, denkt Lily.
Heute ist nicht ihr Tag. Sie kommt sich um die Hüften herum dick vor und der morgendliche Streit beim Frühstück schlägt sich in verkrampften Nackenmuskeln und einem Kopf voller Sorgen nieder. »Ich mache alles falsch«, wirft Lily sich vor. »Ich hätte Harry nicht anbrüllen dürfen, weil er sein Müsli in der ganzen Küche verschüttet hat. Er hat's ja nicht absichtlich gemacht, nehm ich an. Aber das biodynamische Zeug ist so teuer und er ist so ein Tollpatsch. Und Robert hätte ich ein bisschen netter verabschieden sollen, als er zur Arbeit ging, aber er wirkte so unnahbar und warum soll ich immer diejenige sein, die sich Mühe gibt? Und dann ist da auch noch Rosie. Mit mir und ihr wird es immer schlimmer. Was ist bloß los? In letzter Zeit sind wir ständig unterschiedlicher Meinung. Letztes Jahr war es noch so schön und wir haben uns so gut verstanden und jetzt komm ich nicht mehr an sie ran. Und dann diese grässliche Geschichte mit dem Nasenring. Unter keinen Umständen werde ich ihr erlauben, dass sie sich so ein Ding reinmachen lässt. Das sieht einfach schrecklich aus. Sie würde es bald bereuen. Was ist, wenn sie mal Rechtsanwältin oder so was werden will? Andererseits wünscht sie ihn sich so sehr. Was, schon so spät? Ich komme zu spät zum Zahnarzt.«

Aus »LEBEN MIT TEENAGERN«

Für die Entwicklung des Teenagers zu einem selbstständigen Erwachsenen ist es unerlässlich, dass die Eltern ihre Versuche das Kind zu lenken Schritt für Schritt und in angemessener Weise zurückschrauben. Eltern sollten ihren Kindern die Möglichkeit geben eigene Entscheidungen zu treffen und Fehler zu machen, damit sie lernen können frei und eigenverantwortlich zu handeln.

DARF ICH VORSTELLEN: ROBERT

Er ist vierundvierzig und Leunig ist sein Lieblingscartoonist. Er ist vierundvierzig, hat die ersten grauen Haare und zupft sie sich aus, wenn keiner hinschaut. Er ist vierundvierzig und meint lachend, alt sei zwanzig Jahre älter als er jetzt ist. Er ist vierundvierzig und überlegt manchmal in eine Männergruppe zu gehen um über seine Gefühle zu reden, aber mit Gefühlen hat er so seine Schwierigkeiten, mit dem Denken dafür weniger. Er ist vierundvierzig und findet es bescheuert T-Shirts mit irgendwelchen dummen Sprüchen zu tragen, würde es aber trotzdem gern tun. Er ist vierundvierzig und wäre eigentlich lieber auf die Filmhochschule gegangen anstatt Rechtsanwalt zu werden. Er ist vierundvierzig, sitzt in Cafés und fragt sich, wie viele Kalorien ein Blaubeertörtchen hat und ob die Bedienung ihrem Mann auch an den meisten Abenden sagt, sie sei zu müde zum Sex. Er ist vierundvierzig und verschwendet immer noch keinen Gedanken an den Ruhestand, Hypothekenzinsen und den Verbraucherpreisindex. Er ist vierundvierzig und würde eigentlich lieber segeln gehen.

HARRYS ZIMMER

Ein Bett in Form eines roten Autos. Vorhänge mit Comicfiguren darauf. Zwei Gameboys, ein funktionierender und ein kaputter. Kondensmilchdose und Löffel, versteckt unter dem Bett. Vier Mad-Hefte. Nasse Surferhose auf der Fensterbank. Nasses Handtuch auf dem Boden. Nicht gegessenes Schulbrot sorgfältig unter Stapel frisch gewaschener Unterwäsche in oberster Schublade versteckt. Nike- und Mambo-T-Shirts sowie billige Target-T-Shirts. Unmengen von Legosteinen auf Boden und Mobiliar. Eine heillos zerknüllte Unterhose. Zwei Goldfische im Aquarium: Jerry und Arnie. Diverse Steine, Muscheln, Vogeleier und Vogelnester. Sparbüchse in Form eines Radios. Radio in Form einer Coladose. Echte Coladose, leer. Sockenkollektion, wahllos zusammengewürfelt. Halb fertiger Aufsatz über Dinosaurier.

HARRY ÜBER ROSIE

Meine Schwester Rosie ist groß und sieht aus wie eine Zigeunerin, weil sie lange dunkle Locken hat und bunte Röcke und so was trägt. Ich finde es gut, wenn sie Computerspiele mit mir macht und mir sagt, wenn Mam schlechte Laune hat. Manchmal geht sie in ihr Zimmer und kommt nicht mehr raus und Mam kriegt eine Stinkwut auf sie und sie schreien sich an. Das finde ich total blöd. Ein großer Bruder mit Computer und CD-ROM-Laufwerk wäre nicht schlecht, aber Rosie ist ziemlich in Ordnung. Sie bildet sich ein, Beethoven sei ihr Kater, aber das stimmt nicht. Er gehört zur Hälfte mir.

HOROSKOP FÜR WIDDER / DIENSTAG

Neptun steht kurz vor dem Eintritt in das Haus des Widders, was auf ein Geheimnis und Illusionen hinweist. Die Ereignisse sind nicht, was sie scheinen. Stellen Sie sich auf eine Zeit der Herausforderung und Verwirrung ein.

PIP UND ROSIE AM DIENSTAGMORGEN AUF DEM WEG ZUR SCHULE

»Sag mal, Rosie, hat deine Mutter schlechte Laune oder was?«
»Ja, wie üblich. Woran hast du's gemerkt?«
»Sie war nur irgendwie komisch, als sie uns auf Wiedersehen gesagt hat. Als ob sie sich ein Lächeln abringen müsste, obwohl sie sich ganz grauenhaft fühlt.«
»Grauenhaft ist gut. Wir hatten einen Riesenzoff beim Frühstück. Harry hat herumgekaspert und sein Müsli und die Milch in der

ganzen Küche verschüttet und Mam hat die Nerven verloren und rumgebrüllt und nicht mehr aufgehört. Sie hat mir fast den Kopf abgerissen, als ich sagte, er hat's doch nicht absichtlich gemacht, und dann hat sie auf mir rumgehackt, weil ich mir die Haare nicht bürste. Die Haare nicht bürste – das musst du dir mal vorstellen. Sie behandelt mich wie eine Vierjährige. Aber so geht das in letzter Zeit ständig.«

»Ja, Eltern, ich weiß auch nicht ... Meine haben heute Morgen verschlafen, da hatte ich die Küche für mich allein. Ganz dick Butter auf den Toast, ganz viel Zucker in den Kaffee, das Radio ganz laut und niemand hat was dagegen. Gut, was?«

»Und wie. Mann, ist das schon wieder eine Hitze. Was hast du als Erstes?«

»Bio. Dann Mathe. Juhu. Und du?«

»Doppelstunde Englisch. Hey, Pip.«

»Was?«

»Nichts.«

»Was meinst du mit nichts?«

»Ach, vergiss es.«

»Rosie, sag schon.«

»Es ist nichts, Pip. Also, nichts Wichtiges. Es ist nur der Typ. Den wir am Strand gesehen haben. Asher. Ich hab dir doch gestern gesagt, dass er bei mir in Englisch ist, erinnerst du dich?«

»Ja, klar. Der Typ mit Rastalocken und dem gestreiften Jackett. Und?«

»Na ja, er hat mir zugezwinkert. Das ist alles. Im Unterricht. Und ich hab zurückgezwinkert. Ich hab's zumindest versucht, aber wahrscheinlich ist bloß eine Grimasse draus geworden.«

»Rosie, warum hast du mir das nicht erzählt?«

»Ich erzähl's dir doch gerade. Hat aber sowieso nichts zu bedeuten.«

»Und ob es was zu bedeuten hat! Heißt das, du magst ihn oder was?«

»Ich hab keine Ahnung, Pip. Ich kenn ihn ja überhaupt nicht. Ich würd ihn aber wahrscheinlich gern kennen lernen und ... also, ich hab mir überlegt, ob ich ihn mal ansprechen soll.«

»Warum denn nicht? Ich würd's machen. Er muss ja was an dir finden, sonst hätte er dir nicht zugezwinkert, oder?«

»Ja, vielleicht. Ich weiß nicht.«

»Trau dich einfach. Er wird dich schon nicht fressen.«

»Mmmm. Wahnsinn, diese Hitze. Lass uns nach der Schule an den Strand gehen.«

»Gebongt. Oh, Scheiße. Leg 'nen Zahn zu, es klingelt schon.«

ASHERS SCHULKLEIDUNG / DIENSTAG

Grüne Doc Martens, Größe 10, abgestoßen, ein kompletter Schnürsenkel, ein nicht vorhandener Schnürsenkel. Weite dunkelblaue Arbeitshose mit ausgefranstem Saum und zwei Blumenflicken auf dem Hintern. Kurzärmeliges Rayonshirt mit undefinierbarem orange-braunem Muster, circa 1964.

WAS MRS. HYDE, DIE KLASSENLEHRERIN, DAZU ZU SAGEN HATTE

»So, Herrschaften, und bitte vergesst nicht jeden Tag eure unterschriebenen Hausaufgabenhefte mitzubringen – morgen lasse ich keine Ausreden mehr gelten. Und weil das Schuljahr gerade erst angefangen hat, bitte ich euch dringend den Schülern der achten Klasse mit gutem Beispiel voranzugehen und die Kleidervorschriften zu befolgen. Sie sollten doch merken, dass wir hier an der Birch-Street-Highschool ordentliche, gepflegte Menschen sind. Das wäre alles für heute. Oh, und vergesst unsere Tombola nicht. Bitte bringt das Geld für die Lose, die ihr verkauft habt, so bald wie möglich mit, und zwar alle. Jeremy, bitte sei still. Und jetzt geht in euren Unterricht, es läutet. Ach, kann ich dich bitte einen Moment sprechen? Ja, dich. Du bist Asher, nicht wahr? Mmmm. Asher, es geht um deine Kleidung. Ich wollte gestern nichts sagen, weil es dein erster Schultag hier war, aber weitere Zugeständnisse kann ich leider nicht machen. Mr. McKenna sagt, dass du unsere Kleidervorschriften bekommen hast, und ich möchte, dass du dich von jetzt an hübsch ordentlich anziehst. Und deine Frisur könnte doch auch um einiges netter sein, nicht wahr? Wie du weißt, sind unsere Schulfarben rot, weiß und blau. Du kannst deiner Mutter sagen, dass es neben der Bibliothek einen Secondhandladen für Schulkleidung gibt, der in der Mittagspause offen hat. Haben wir uns verstanden?«

»Ja.«

»Dann schnell in deine Klasse, Asher.«

ASHER / DIENSTAG 9:15 UHR

blöde alte kuh in deinem langweiligen grauen kostüm haben wir uns verstanden ja klar ich hab dich verstanden aber das heißt noch lange nicht dass ich dir recht gebe morgen ziehe ich was richtig ausgeflipptes an bloß um dich zu nerven du kennst mich nicht du hast doch keine ahnung und es interessiert dich auch nicht wer ich bin oder was ich denke und fühle und ich weiß für dich ist ordentlich gleich gut aber es ist mir piepegal was du denkst wo zum kuckuck muss ich denn jetzt wieder hin wo ist denn der zettel ach ja doppelstunde englisch in 407 wo zum teufel war das jetzt wieder ich glaube am ende des langen korridors beim hof jetzt komm ich zu spät alle starren mich an na super wenn ich bloß wieder zu hause wär guten morgen dienstag wie geht's

WAS ROSIE SIEHT, WENN SIE ZUM FENSTER HINAUSSCHAUT

Einen sehr blauen Himmel. Mehrere Wolken, sahnig und flauschig. Den Hausmeister, der am hinteren Ende des Sportplatzes irgendwas Sinnvolles mit Wasserschläuchen tut. Eine vergessene braune Schultasche. Die Rosen vor der Bibliothek ganz rot und gelb und zerzaust. Asher, der den Flur hinunterrennt.

DOPPELSTUNDE ENGLISCH / EIN WÖRTCHEN VON MR. EPANOMITIS

»Guten Morgen, Leute. Bevor wir anfangen, gebe ich euch die Hausaufgaben zurück, die ihr gestern abgegeben habt. Jawohl, Leute, fallt nicht in Ohnmacht, es ist ein Wunder. An einem Abend, einem einzigen Abend hab ich alles korrigiert. Wenn ich ehrlich bin, wollte ich nur ein paar Hefte durchsehen, aber dann hat's mich gepackt. Ein paar sind wirklich ausgezeichnet. Die Arbeit von – hier ist sie – Rosie Moon hat mir besonders gut gefallen. Sie hat mit autobiographischen Texten experimentiert und ein Selbstporträt aus der Gegenwart geschrieben sowie ein sehr fantasievolles, fiktives, das in der Vergangenheit spielt. Ausgezeichnet. Eine andere Arbeit von jemand mit einem ganz besonderen Sinn für Humor hat mir auch prima gefallen. Moment, wo hab ich sie hingetan? Ah, hier, Thomas Corkingdale, ein ausgesprochen witziger Blick in ein verschrobenes Gehirn, und das Ganze als innerer Monolog. So in der Art ›Billy Connolly trifft Mad‹. Super, Thomas.
Während die Arbeiten zurückgegeben werden, sage ich euch, was wir heute machen. In der ersten Stunde werden wir uns ein Video über vier zeitgenössische britische Dichter anschauen, anschließend diskutieren wir das Ganze. Dann sucht sich jeder eine Partnerin oder einen Partner und dann könnt ihr zusammen in die Bibliothek gehen und Material über einen Dichter oder eine Dichterin und sein oder ihr Werk sammeln. In den nächsten Wochen kriegt dann jedes Paar fünf Minuten Zeit für ein Kurzreferat vor der Klasse. Ihr könnt euch irgendjemand aussuchen von den ›Beatniks‹ aus den fünfziger Jahren bis heute. Mach nicht so ein Gesicht, Junge, das macht Spaß. Nein, Michael, es müssen keine Briten sein. Benutz dein Hirn, mein Lieber, die ›Beatniks‹ waren Amerikaner. Jetzt rollt den Fernseher hier rüber. Kann jemand die Vorhänge zuziehen, damit wir mit dem Video loslegen können?«

ICH, THOMAS

Ich bin Thomas McCorkingdale von den McCorkingdale McCorkingdales. Sie wollen etwas über mich erfahren, und so soll es geschehen. Ich habe rotes Haar und einen roten Hut und manchmal habe ich auch rote Augen, aber dienstags nie. Ich bin nach britischen Maßen fünf Fuß zehn groß, habe aber keine fünf Füße. Nein, gütiger Herr, ich habe nur zwei Füße und zwei Beine wie alle Sterblichen, aber ich bin kein gewöhnlicher Sterblicher. Nein, mein Herr, denn ich bin ein McCorkingdale von den McCorkingdale McCorkingdales und wir sind keine gewöhnlichen McCorkingdales. Wir kommen aus dem fernen, schönen Schottland, von den schönen McCorkingdale-Inseln, und genau dort habe ich von meinen schönen, haarigen Vorfahren drei erstaunliche Eigenschaften geerbt, die kein gewöhnlicher Nicht-McCorkingdale besitzt und wofür jeder seinem gütigen Schicksal auf Knien danken sollte. Diese drei Eigenschaften nun sind in der Reihenfolge ihrer Wichtigkeit:

1. Die Fähigkeit Butterbrot auf flauschigen Teppichboden fallen zu lassen, so dass es mit hundertprozentiger Sicherheit auf der Butterseite landet.

2. Das unfehlbare Talent während einer Fernsehsendung etwas vollkommen Unwichtiges zu sagen und das genau im falschen Moment, so dass der unglückselige Zuschauer etwas für die Sendung absolut Wichtiges nicht mitbekommt.

3. Ein geheimnisvolles drittes Ohr. Zusätzlich zu den Ohren am Kopf haben die drei Sorten McCorkingdales (männlich, weiblich und noch unentschieden) noch eines in der linken Kniebeuge. Es nimmt jedoch nur jedes dritte gesprochene Wort auf, was das Gehörte zuweilen äußerst interessant macht.

Falls Sie mehr über die McCorkingdale McCorkingdales und darüber, wie unser Clan in den schönen, haarigen Tagen einer längst vergangenen Zeit mit einem Fluch belegt wurde, erfahren möchten, lesen Sie bitte weiter auf S. 678 in Band IV unserer schönen, haarigen Enzyklopädia Schottlandia.

ROSIE / DIENSTAG / 9:18 UHR

Möchte bloß wissen, wo Asher war. Heißes Shirt. Ich find's super, wie er sich anzieht. Wie lang sie es wohl durchgehen lassen? Ich mag Mister E. Er ist interessant, nicht so verklemmt und hochnäsig wie Mrs. Radisson. Dichter. Eigentlich kenne ich keine Dichter, nur altmodische wie Byron und Tennyson, die wir im letzten Jahr durchgenommen haben. Dem fehlt ja ein Schnürsenkel. Er braucht ein paar neue. Versuch ihn nicht anzustarren. Aber er sieht echt gut aus. Ich hätte auch gern Rastalocken. Vielleicht könnte ich ihn fragen, ob er mein Projektpartner sein will. Oh Gott, nie im Leben. Schieb mal deinen Kopf weg, Blödmann, ich kann das Video nicht sehen.

MISTER E.

»Gut gemacht, Leute. Ich wusste, dass ihr mir eine lebhafte Diskussion liefern würdet. Sehr gut, dass euch gleich aufgefallen ist, dass die Themen der Mersey-Dichter ziemlich allgemein gehalten und auch heute noch aktuell sind: Liebe, Entfremdung, Humor. Jack, verteilst du bitte die Zettel mit den Tipps für eure Nachforschungen? Danke. Okay, dann sucht euch jetzt einen Partner oder eine Partnerin und geht runter in die Bibliothek. Ich möchte, dass ihr euch heute einen Dichter oder eine Dichterin aussucht, nachschaut, was die Bibliothek dazu hat, und euch schon die ersten Notizen für euer Referat macht. Als Hausaufgabe hätte ich gern, dass ihr nachseht, was ihr in anderen Quellen über die Person findet, in Büchern, die ihr zu Hause habt, in anderen Bibliotheken und so weiter. Dann mal los!«

ROSIE

Soll ich? Was hab ich zu verlieren? Tu's einfach.

ASHER

oh verdammt da kommt das mädchen ich hätte ihr nicht zuzwinkern sollen ich hab's gewusst sie sieht aus wie eine streberin wahrscheinlich will sie irgend so einen langweiligen alten knacker nehmen schnell mit wem kann ich mich sonst zusammentun niemand da mist

𝍸 WAS ROSIE HÄTTE SAGEN KÖNNEN

»Hallo, ich bin Rosie.«
»Willst du mein Projektpartner sein?«
»Hallo, Asher.«
»Dein Shirt gefällt mir.«

ROSIE UND PIP / DER STRAND / DIENSTAGNACHMITTAG

»Komm schon, Rosie, schieß los. So schlimm kann es gar nicht gewesen sein.«
»Es war schlimmer.«
»Spuck's aus, Schätzchen.«
»Okay, okay. Oh, Pip, es war einfach entsetzlich. Alle anderen haben sich also einen Partner gekrallt und ich bin rüber zu Asher. Ich stand schon fast vor ihm und als ich ihn angeschaut habe, hatte er diesen Frag-mich-bitte-nicht-Blick drauf. Aber da war es schon zu spät und beim letzten Schritt bin ich auch noch gestolpert und dann standen wir beide einfach nur da und eine Ewigkeit hat keiner was gesagt. Ich hatte einen totalen Blackout. Es war entsetzlich.«
»Und weiter?«
»Ich hab was ganz Furchtbares gesagt.«
»Was?«
»Ich kann's nicht glauben, dass ich es wirklich gesagt habe. Ich hab gesagt: ›Du wirst eine Abmahnung kriegen.‹ Ich wollte es nicht sagen, aber ich hatte es gedacht und es kam einfach raus. Und er hat mich so richtig verächtlich angeschaut und nichts gesagt. Er hat bestimmt gedacht, ich will, dass er eine kriegt. Und dann hab ich ihn gefragt, welchen Dichter er nehmen will, und er hat Jim Morrison gesagt.«

»Aber das ist ein Sänger.«
»Das hab ich auch gesagt, aber er hat gesagt, Jim Morrison sei der größte Dichter des 20. Jahrhunderts, und ich hab gesagt, dass wir ihn bestimmt nicht nehmen dürfen, worauf er Mister E. gefragt hat und der hat gesagt, natürlich, und jetzt nehmen wir ihn, Jim, meine ich. Und dann sind wir in die Bibliothek gegangen und da gab es nur ein Buch, in dem was über ihn stand, und das haben wir abgeschrieben und dann hat's geläutet.«
»Hat er sonst noch was gesagt?«
»Eigentlich nicht. Am Schluss hat er gesagt ›Bis dann‹, aber so, als wollte er ›Hoffentlich nie wieder‹ sagen. Pip, hör auf zu lachen, das ist nicht komisch. Ach Pip, was soll ich bloß machen?«
»Also, wenn ich das richtig sehe, machst du Jim Morrison. Hätte schlimmer kommen können. Hätte Elvis sein können.«
»Pip!«
»Mach dir nichts draus, Rosie. Schick ihn zum Teufel, wenn er sich blöd anstellt. Und jetzt komm, lass uns eine Runde schwimmen.«

DARF ICH VORSTELLEN: MALVINA

Sie ist dünn. Redet schnell und bewegt sich schnell. Trägt große Ohrringe, geformt wie Vögel oder Flugzeuge oder Würfel oder Blumen. Trägt am liebsten warme, helle Farben. Geboren in Neuseeland. Kam mit neunzehn Jahren nach Australien um was zu erleben. Und erlebte was. Besuchte in den Siebzigern die Kunsthochschule, lebte Sex und Drogen und Rock'n'Roll in vollen Zügen, vorwärts und rückwärts und rauf und runter. Verließ Sydney und war der Star ihres eigenen Königin-der-Landstraße-Roadmovies.
Voller Hoffnung und naivem Enthusiasmus half sie mit beim Aufbau des »Regenbogenlandes«. Lebte in einem Indianerzelt. Verliebte sich in viele Männer und blieb schließlich an Nigel mit dem langen Zopf und den zärtlichen Händen hängen. Machte unter einem Vollmondhimmel ein Kind mit ihm. Wurde dick und

rund und faul, Königin des Gemüsegartens. Brachte einen lächelnden Jungen zur Welt und gab ihm einen Namen, der »der Lachende« bedeutet. Eine Weile blieben sie noch im Regenbogenland, alle drei, doch es passierte allerhand und schließlich zogen sie weiter und schlugen in einer Stadt am Meer ein bisschen Wurzeln.

Ein ganzes Universum an Tagen verging, auf Frühling folgte Sommer und der Herbst tanzte vorbei, den Winter an der Hand. Wo sind die Jahre geblieben? Das Kind machte Fortschritte im Kindsein, nahm das Leben gierig auf mit allen Sinnen. Es fuhr Fahrrad und schwamm im Meer und kletterte auf hohe Bäume. Malvina und Nigel verloren unterwegs ein paar Träume, aber sie dachten – wenn sie zwischen dem Wäscheabhängen und dem Bezahlen der Telefonrechnung überhaupt etwas dachten –, dass sie die Richtung noch kannten. Aber eines Morgens wachten sie auf, saßen sich bei verbranntem Toast und reumütigen Gedanken als Fremde gegenüber, ein mitternächtlicher Streit und eine vorsichtig zugeschlagene Tür zu viel. Man kann nicht sagen, sie hätten es nicht versucht. Sie haben es versucht, um des Kindes willen, um ihrer selbst willen, um der Liebe und der Zärtlichkeit willen. Am Ende jedoch zerfiel alles zu Staub und sie sagten auf Wiedersehen. Und es ist immer noch alles ganz frisch.

Und jetzt ist sie hier, Malvina, in einer weit entfernten Stadt am Rand der Wüste, wo sie kaum jemanden kennt und sie sich so mies fühlt, wie eine Frau sich nur fühlen kann. Sie hat eine schlecht bezahlte Stelle in einer Buchhandlung, ein flaues Gefühl im Magen von der Begegnung mit einer Flasche Weinbrand gestern Abend und absolut keine Lust nach Hause zu gehen und das Abendessen auf den Tisch zu stellen. Mit dem türkisfarbenen Kleid und den fliegenden Schweinen als Ohrringen sieht Malvina sehr viel besser aus als sie sich fühlt. Sie sitzt in Ginos Café, trinkt einen lauwarmen Cappuccino und leckt sich Kekskrümel von den Fingern. Sie wartet auf Asher, der, nur für den Fall, dass Sie noch nicht selber draufgekommen sind, ihr Sohn ist.

CAFE-BLUES

»Hallo, Mam.«

»Asher. Hallo. Komm, setz dich hier hin, ich nehm meine Tasche weg. Wie war es?«

»Wie war was?«

»Die Schule, der zweite Tag in der verhassten Schule, wie ist er gelaufen?«

»Oh Gott, es war wunderbar. Ich weiß gar nicht, wo ich anfangen soll zu erzählen.«

»So schlimm?«

»Mmmm.«

»Willst du's mir erzählen?«

»Nein. Mich kotzt das alles hier an. Das hab ich dir doch schon gesagt.«

»Der Anfang ist immer schwer. Alles ist neu, man muss sich eingewöhnen.«

»Ich will mich nicht eingewöhnen. Schulglocken, Kleidervorschriften, setz dich und halt den Mund. Es kotzt mich an. Lieber sterbe ich, als dass ich mich da dran gewöhne.«

»So schlimm? Möchtest du was trinken?«

»Nein, ich hatte im Zug eine Cola. Wenigstens der Englischlehrer ist in Ordnung. Wir müssen ein Referat machen, zu zweit, über einen Dichter. Er lässt mich Jim Morrison nehmen.«

»Wow. Gut. Mit wem machst du's?«

»Ach, irgend so eine blöde Musterschülerin. Ich weiß nicht mal, wie sie heißt. Ich glaube, sie wollte Lord Tennyson nehmen oder sonst einen alten Knacker.«

»Tennyson ist nicht schlecht. Die ›Lotus Eaters‹ sind ein schönes Gedicht.«

»Du hast ja Recht. Aber wir nehmen ihn nicht. Kann ich ein paar Pommes frites kriegen? Ich bin am Verhungern.«

»Nein, Ash, wir sollten besser gehen. Der Zahltag ist noch weit. Ich mach uns Käsepfannkuchen und Salat, sobald wir nach Hause kommen.«

»Okay. Ich muss mir Gedanken über mein Outfit für morgen machen.«
»Dein Outfit?«
»Ach, nichts. Komm, Mam, gehen wir.«

OMAMA SCHREIBT AN ASHER

Lieber Asher,
ich hoffe, du lebst dich gut ein in Perth und an der neuen Schule. Mach es den Lehrern nicht zu schwer, ha, ha. Opapa und mir geht es gut, nur mit seinem neuen Gebiss hat er Ärger. Es sieht ganz gut aus, passt aber nicht richtig. Mindestens dreimal am Tag finde ich ihn draußen im Schuppen, wo er mit einer Feile daran herumraspelt. Nächste Woche muss er wieder zum Zahnarzt, wenn bis dahin noch was übrig ist von der Gaumenplatte. Er hat viel Ausdauer, aber ich würde mich nicht wundern, wenn ich die Zähne demnächst ganz hinten in der Schublade finden würde. In der restlichen Zeit bastelt er wunderschöne Holzkästchen. Eines davon ist für dich. Ich war fleißig in meiner Volkstanzgruppe und hab im Garten gearbeitet. Meine Tomaten, der Mais und die Kräuter gedeihen alle gut. Sonst gibt's nicht viel Neues. Heiß ist es hier, wir gehen fast jeden Tag mit Lady an den Strand hinunter. Grüß deine Mutter. Die fünf Dollar sind zur Befriedigung deiner Pommes-Sucht.
Alles Liebe Omama

ASHERS SCHULKLEIDUNG / MITTWOCH

Schwarze Wollmütze mit grünem Hanfblattmotiv vorne drauf. Sehr, sehr alte, gräuliche Stoffturnschuhe, die vor langer Zeit einmal weiß waren; beide mit ausgefranstem Loch am großen Zeh. Schlabberige, dunkelblaue Arbeitshose mit ausgefranstem Saum und zwei Blumenflicken auf dem Hintern. Langärmeliges Indienhemd, Baumwolle, mit abgefahrenen purpurnen und olivgrünen Schattierungen.

WAS DIE KLASSENLEHRERIN SAGTE
Lieber Leser, ich lade Sie ein diese Passage selbst zu schreiben. Lassen Sie Ihrer Fantasie freien Lauf. Benutzen Sie die Wörter »enttäuscht«, »verwahrlost« und »eine Schande«.

WAS DIE KLASSENLEHRERIN UNTERNAHM
Verpasste Asher eine Abmahnung.

WAS ASHER EMPFAND
Höchste Befriedigung.

ROSIE UND ASHER / MITTWOCH
Sie hatten kein Englisch. In der Mittagspause sah Rosie Asher allein unter einem Baum sitzen und ein Vollkornbrötchen mit Käse und Salat essen, dazu Pommes frites. Selbstverständlich tat sie so, als hätte sie ihn nicht gesehen. Genau im selben Moment schaute Asher auf und sah Rosie und Pip vorbeigehen. Selbstverständlich tat er so, als hätte er sie nicht gesehen.

WAS ROSIE EMPFAND
Verlegenheit.

WAS ASHER EMPFAND
Verlegenheit.

DIE RUHE VOR DEM STURM
Es ist Abendbrotzeit im Haus der Moons und Lily hat Pesto gemacht: Basilikum und Knoblauch und Olivenöl und Parmesan und zerstoßene Pinienkerne zu einer köstlichen grünen Paste vermengt, die unter die Nudeln gehoben wird. In einer großen blauen Schüssel ruht ein knackiger Salat aus zwei Sorten Blattsalat, pikanten Fetawürfeln und süßen Kirschtomaten. Die Nudeln sind fast gar und der Tisch ist mit einem weißen Tischtuch und den guten Tellern – den blau gesprenkelten – gedeckt. In der

Mitte steht ein großer Strauß fröhlicher Sonnenblumen mit staubgelben Gesichtern, daneben ein runder Laib knuspriges Brot, ein Stück Butter und eine elegante italienische Pfeffermühle aus grünem Glas.
Der Abend ist heiß und schwül, ein ermüdendes Wetter, das beweist, dass der Mensch tatsächlich vom Dreizehenfaultier abstammt, aber Lily ist glücklich, trotz der drückenden Schwüle. Sie ist stolz auf das Essen und freut sich, dass Robert ausnahmsweise einmal früh nach Hause gekommen ist und anscheinend gute Laune hat. Sie hört ihn pfeifen, während er hinten im Hof die Petunien gießt. »Eigentlich ist er doch ein guter Ehemann«, denkt sie, »vielleicht renkt sich ja alles wieder ein.« Harry scheint ausgesprochen munter. Vor einer Weile kam er hereingeflitzt, holte ein paar Eiswürfel und flitzte zielstrebig wieder hinaus. »Wahrscheinlich macht er wieder einen seiner physikalischen Versuche«, denkt Lily träge. »Es ist toll, wenn er so was macht«, denkt sie. Sie mag es nicht, wenn er bloß stundenlang vor dem Fernseher oder dem Computer hockt. Sie fühlt sich dann immer schuldig, unfähig, wie eine schlechte Mutter. Doch an diesem Abend hat sie das Gefühl eine klassisch gute Mutter zu sein, die ein schönes Essen für die Familie und ihren Gast gekocht hat. Rosie und Pip sind oben in Rosies Zimmer, hängen nach einem Nachmittag am Strand wahrscheinlich nur hundemüde herum. »Pippa ist doch ein nettes Mädchen«, denkt Lily und ein warmes Gefühl breitet sich von ihrem Bauch bis hinunter in die pflaumenfarben lackierten Fußnägel aus.
Lily gießt die Nudeln ab, gibt die Pesto-Soße und eine große Hand voll geriebenen Käse dazu und mischt alles untereinander. »Bob«, ruft sie, »Essen ist fertig. Harry«, ruft sie die Treppe hinauf, »wir essen. Sag den Mädchen, dass sie runterkommen sollen.«

ROSIE / ETWAS SPÄTER AM ABEND

Was soll's. Ich bin froh, dass ich es gemacht habe. Okay, dass Pip es gemacht hat. Auch wenn es sehr wehtut. Mein Gott, sind das

Schmerzen. Am besten tupfe ich noch etwas Teebaumöl drauf. Ich darf nicht ständig daran herumzupfen. Pip meint, dass es bald verheilt ist. Der gute alte Harry, bringt uns das Eis und die Streichhölzer um die Nadel zu sterilisieren und verrät Mam nicht, was wir vorhaben. Allerdings hat es nicht so hingehauen, wie ich mir das vorgestellt habe. Ziemlich viel Blut und dann Mam, die uns ständig zum Essen gerufen hat, aber wir haben uns nicht getraut runterzugehen. Aber Dad war gut, den Umständen entsprechend. Als er raufkam um nachzuschauen, was los ist, und dann die ganzen blutigen Taschentücher sah, war er ziemlich entsetzt. Aber dann hat er versucht Mam zu beruhigen und auch mich zu verstehen und so. Sie wird's überleben. Sie kann mich nicht zwingen ihn rauszunehmen. Es ist schließlich meine Nase. Mann, hoffentlich ist sie bis morgen früh nicht mehr so geschwollen. In der Schule werden sie Augen machen. Donnerstag, was hab ich denn da? Biologie, Doppelstunde Kunst, Geschichte, Schwimmen, Englisch. Jede Wette, dass Thomas McKlugscheißer eine dämliche Bemerkung wegen meines Nasenrings macht. Was mach ich bloß mit unserem Referat? Ich hab nichts rausgekriegt. Hätte ich Asher bloß nicht gefragt, ob er mein Projektpartner sein will. Ich hab alles vermasselt. Na ja, um ehrlich zu sein, da gab's nichts zu vermasseln. Aber bevor er so hochnäsig wurde, hab ich wirklich gedacht, er sei nett. Ich glaube, ich zieh morgen mein blaues Baumwollkleid an. Leicht und kühl. Nicht unbedingt ein Schulkleid, aber vielleicht komm ich damit durch, weil es blau ist. Super, die Cranberries. Der Song ist klasse.

POSTKARTE AN ASHER

Hi, Ash,
wie geht's? Hoffentlich alles paletti. In der Schule nix als Hitze und haufenweise Hausaufgaben. Alle vermissen dich, ganz besonders ich. Fuzzie hat vier Junge. Katzenbabys sind einfach niedlich. Schreib mir!
Gruß und Kuss Jesse

ASHERS SCHULKLEIDUNG / DONNERSTAG

Schwarzrotgelber Bob-Marley-Hut mit frecher kleiner Krempe. Die weltberühmten eineinhalbsenkligen grünen Docs. Graue Cordhosen, extrem weit. Schwarzweiß gestreiftes kurzärmeliges Schlafanzugoberteil.

WAS ER BEKAM

Eine weitere schmallippige und ermüdende Standpauke. Abmahnung Nummer zwei.

WIE ER SICH DABEI FÜHLTE

Super.

MISTER E.

»Bei diesem Wetter verlassen wir am besten alle das Klassenzimmer und suchen uns ein kühles Plätzchen, Leute. Geht mit euren Projektpartnern in die Bibliothek oder irgendwohin, wo ein kühles Lüftchen weht – aber bleibt auf dem Schulgelände. Geht nicht nach Hause, in die Stadt oder schlafen. Bearbeitet euer Referat und kommt in einer halben Stunde wieder. Ich erstelle eine Liste, wer wann drankommt. Thomas, dieses seltsame Geräusch soll wohl heißen, dass du und Jake als Erste loslegen wollt. Okay, gebongt. Um drei seid ihr alle wieder hier.«

UNTER EINEM BAUM

»Deine Nase ... «
»Ja, meine Freundin hat's gemacht.«
»Das Mädchen mit den blauen Haaren?«
»Ja, Pip.«
»Aha. Ist es entzündet?«
»Ziemlich.«
»Ich find's trotzdem cool. Mein Freund in Byron hat auch einen.«
»Aha. Wegen neulich ... «
»Ja?«

»Ich hab nicht gemeint, dass du eine Abmahnung verdient hast oder so. Ich mag deine Klamotten. Dieser Uniform-Zwang ist total bescheuert.«
»Schon gut, ist schon okay. Im Übrigen hab ich mittlerweile zwei.«
»Tatsächlich?«
»Ja, und die dritte müsste eigentlich termingerecht morgen kommen.«
»Und dann?«
»Dann muss ich zum Rektor, oder?«
»Ja.«
»Das geht mir meilenweit am Arsch vorbei.«
»Aha. Tja, also ich hab praktisch nichts über Jim Morrison gefunden.«
»Ich dafür jede Menge. Wir können der Klasse ein Stück von ihm vorspielen und dann über Anarchie und Rebellion sprechen. Schau her, das hab ich alles schon gemacht.«
»Und was soll ich jetzt machen?«
»Hörst du die Doors?«
»Eigentlich nicht. Mein Dad meinte, er hätte noch eine Kassette irgendwo, aber dann hat er sie nicht gefunden.«
»Du kannst zu mir kommen, wenn du willst. Am Wochenende. Wir hören uns ein paar Songs an und überlegen uns dann, was wir dazu sagen.«
»Am Samstag?«
»Okay, nachmittags. Komm, ich schreib dir meine Adresse auf den Arm.«

BEKANNTE SONGS DER REICHEN UND BERÜHMTEN
ROSIE: Zombie
ROSIES VATER: Messed Up in Mexico Living on Refried Dreams
ROSIES MUTTER: When a Man Loves a Woman
PIP: When I came Around
HARRY: Ich bin ein Arschloch

MISTER E.: Hört lieber Jazz
ASHERS MUTTER: Moondance
ASHER: Alles von den Doors

WAS ALLE AM DONNERSTAGABEND MACHTEN

Lily und Robert gingen lediglich mit einer Kreditkarte bewaffnet aus dem Haus, um möglicherweise eine dauerhafte Beziehung zu einer neuen Wohnzimmergarnitur aufzubauen. Harry übernachtete bei Ted und perfektionierte in einem Vorstadt-Swimmingpool die Kunst des Arschbombemachens. Rosie sollte eigentlich Hausaufgaben machen, doch stattdessen kippte sie ein wenig Gin aus der Hausbar in ihren Orangensaft und telefonierte siebenundzwanzigeinhalb Minuten lang mit Pip. Pip schaute ›Daheim und in der Fremde‹, machte Nachos und telefonierte mit Rosie. Sie war wegen Samstag fast ein wenig eifersüchtig, bot jedoch wahrhaft heldenhaft ihre Unterstützung an, zum Beispiel mit »Gut gemacht, Rosie« oder grundlegenden Modetipps wie »Trag das Regenbogenkleid«. Asher aß zwei Schüsseln kalten Thunfisch mit Käsesoße und fünf Stückchen Wassermelone und spielte dann auf seiner Gitarre so lange ›Stairway to Heaven‹, bis ›Akte X‹ im Fernsehen lief. Malvina erledigte die notwendigen Einkäufe, kam schlecht gelaunt nach Hause, aß ein Brot mit Käse und Tomaten, nahm ein Lavendelbad und ging ins Bett und las ›Frauen, die mit Pudeln laufen‹.

ASHERS SCHULKLEIDUNG / FREITAG

Seine Kurt-Cobain-Turnschuhe. Graue Cordhose, extrem weit. Ehemals weißes T-Shirt mit verblasstem Marilyn-Monroe-Bild vorne und einem Loch oben rechts.

WAS SICH BEGAB

Wahrlich, sagte Mrs. Hyde zu Asher, du bist eine Schande für die Aufrechten unter uns, und der Verwahrloste und Ungehorsame soll nicht ins Reich der Klasse gelangen. Weiche von mir und begib dich zu Mr. McKenna, damit dessen Zorn über dich komme.

UND SO BEGAB ES SICH, DASS DER JUNGE ASHER SICH INS BÜRO DES DIREKTORS BEGAB

»Komm rein, Junge, setz dich, setz dich. Mrs. Hyde hat mir erzählt, dass du keinerlei Anstalten machst unsere Kleidervorschriften zu befolgen und jetzt weiß ich auch, was sie gemeint hat. Marilyn Monroe, ›Manche mögen's heiß‹, ein toller Film … Aber, ähem, wir haben hier an der Birch-Street-Highschool nun mal Kleidervorschriften und wir erwarten von unseren Schülern, dass sie sich daran halten.«
»Mmmmm.«
»Was hast du dazu zu sagen, Asher?«
»Ich bin gegen Uniformen.«
»Du bist dagegen, ja? Nun, ich weiß, dass nicht jeder sich für Uniformen erwärmen kann, aber Vorschriften sind nun mal Vorschriften, mein Junge, und wir haben uns ganz einfach anzupassen, ob wir wollen oder nicht. Ich erwarte von dir, dass du dich in Zukunft angemessen kleidest. Haben wir uns verstanden?«
»Mmmm.«
»Gut, dann ab in den Unterricht, Allen.«
»Eigentlich heiß ich Asher.«
»Oh.«

卌 WAS ASHER VERMISST

Den blauen Bogen der Byron Bay. Die Bananencreme-Schnitten im Café Lotus. Und die scharfen, mit Blumenkohl gefüllten Teigtaschen. Mit dem Fahrrad zum Strand hinunterfahren um samstagmorgens frisches Brot und eine Zeitung zu holen. Auf der Veranda Comics lesen und dicke Scheiben frisches Brot mit Gemüsepaste essen und die Rinde an die Papageien verfüttern. Bei Sonnenuntergang am Strand sitzen. Viv und Sam und Jesse.

Dass sein Vater nach der Arbeit nach Hause kommt und sagt: »Lass uns bodysurfen gehen, Ash.« Seine alte Schule. In der Mittagspause mit seinen Freunden unter Gummibäumen liegen, träumen, die mitgebrachten Brote tauschen und reden. Sein baufälliges, aber absolut fantastisches Baumhaus. Seinen Vater.

ALLEIN

blöde schule blöder rektor alles blöd brauch ich nicht will ich nicht hab den moralischen hab den rabenschwarzen moralischen hab den steck-dir-deine-abmahnung-sonst-wohin-moralischen hab den alles-kotzt-mich-an-moralischen muss hier weg

WAS AM FREITAGABEND GESCHAH

Lily schwitzte in ihrer Aerobicstunde. Robert machte Überstunden, kam dann nach Hause, setzte sich auf die Terrasse und trank zwei einsame Bier. Harry schaffte es bei ›Doom III‹ bis ins vierte Level. Rosie und Pip sollten eigentlich Hausaufgaben machen, verkleideten sich aber stattdessen mit Lilys alten Sachen. Malvina ging mit Roger von der Arbeit ins Kino. Asher machte sich aus dem Staub.

ASHERS NACHRICHT FÜR MALVINA

Mam, reg dich nicht auf, aber ich gehe zurück nach Byron. Ich halte das hier einfach nicht aus. Mach dir keine Sorgen um mich. Ich ruf dich von Dad aus an.
Alles Liebe
Asher
P.S. Morgen Nachmittag kommt ein Mädchen aus meiner Klasse vorbei. Wir wollten an unserem Referat arbeiten. Sag ihr, dass ich weg bin und dass es mir Leid tut.

FREITAG UM MITTERNACHT / MALVINA

Mein Gott, wie peinlich. Das einzig Gute an dem Job war Roger. Wieso bin ich nicht selber draufgekommen? Da schmachte ich nun zwei Wochen lang täglich nach ihm und er erzählt mir bei heißer Schokolade und klebrigem Karamellpudding ganz traurig, dass er schwul ist und immer noch um seinen langjährigen Freund Steve trauert, der letztes Jahr an AIDS gestorben ist. Gerade als ich mich gefragt habe, ob wir vielleicht was miteinander anfangen könnten. Aber nett ist er trotzdem. Wir können ja trotzdem Freunde sein. Die sind hier in der Gegend sowieso Mangelware. Ich wusste, dass es nicht einfach sein würde, sich in einer neuen Stadt einzuleben, aber wie schwer es wirklich ist, war mir nicht klar. Na ja, ich schätze, es wird mit der Zeit besser. Wo ist der Haustürschlüssel? Ich sollte mir einen großen, witzigen Schlüsselanhänger zulegen, damit ich nicht ständig die ganze Tasche durchwühlen muss. Ob Asher noch wach ist? Sieht so aus, als sei er weg. Ah, er hat mir ein Briefchen geschrieben. Oh, nein.

EINE SEITE EINES TELEFONGESPRÄCHS

»Nigel? Ich bin's, Malvina. Es ist was passiert. Mit Asher. Er ist abgehauen.«

–

»Nein, eigentlich nicht. In der Schule hat es ihm nicht so gefallen. Sie sind ziemlich streng dort. Aber eigentlich dachte ich, er sei ganz okay. Bei uns ist es jetzt Mitternacht. Ich bin gerade vom Kino nach Hause gekommen und hab gemerkt, dass er weg ist. Er hat mir eine Nachricht hinterlassen. Er schreibt, dass er zu dir will.«

–

»Ich weiß nicht. Vielleicht will er trampen. Oder gibt es einen Bus über die Nullarbor-Ebene? Mein Gott, Nigel, er kann überall sein. Das sind fast viertausend Kilometer. Er ist erst fünfzehn. Was sollen wir tun?«

–

»Meinst du wirklich? Ist das nicht ein bisschen übertrieben? Aber wahrscheinlich müssen wir es tun. Ich rufe sofort an. Oh Nigel, ich hoffe nur, dass ihm nichts passiert ist. Ich sag Bescheid, sobald ich etwas höre.«

–

»Ja, okay. Tschüss.«

FREITAG UM MITTERNACHT / ASHER

inzwischen wird mam meine nachricht haben sie dreht hohl vielleicht sollte ich aussteigen zurückgehen nein vergiss es ich komme mit dieser schule einfach nicht klar einsam gehöre nicht dazu das einzig gute war rosie na ja mister e war auch okay oh mann ich find hier einfach keine bequeme stellung ich versuch es mal mit beine ausstrecken das hilft nicht dann mit kopf ans fenster lehnen bringt auch nichts extrem unbequem schlafende ältere dame würde es ihnen etwas ausmachen sich nicht an mich zu lehnen und weitergehen herrschaften reisen wie's billiger nicht geht blöde witze vom fahrer und sitze die für liliputaner gemacht sind wenn ich von sydney aus trampe wird's besser immer mit der ruhe wie viel geld hab ich noch siebzehn dollar das ist 'ne ganze menge und dann hab ich ja auch noch meine scheckkarte ich brauch ja nur geld fürs essen wenn ich trampe was dad wohl sagen wird er muss mich bei sich wohnen lassen das wird eine überraschung für jesse he wir halten rasthaus helle lichter beine ausstrecken hamburger holen vielleicht auch pommes pinkeln gehen

SAMSTAG / 1 UHR MORGENS / VERMISSTENANZEIGE

Asher Fielding. Fünfzehn Jahre. Männlich. Hautfarbe weiß. Langes, dunkelbraunes Haar, Rasta-Frisur. 178 cm groß. Schlanke Figur. Trägt graue Hosen, grüne Doc-Marten-Stiefel, möglicherweise weißes T-Shirt und schwarzweiß gestreiftes Jackett. Kategorie 25: Straße, Zug, Bus. Auf dem Weg nach Byron Bay, Neusüdwales.

MALVINA / BETRUNKEN / SAMSTAGNACHT 2 UHR
Asher, komm zurück. Junge, du bist noch zu jung dafür. Du bist dunkles Haar und lustige Rastalocken mit kleinen Zweigen und Fusseln drin. Du bist Schweißfüße und Bartflaum. Du bist Freud und Leid und Energie und Langeweile und Erde und Sonne. Du bist Jim Morrison und Jimi Hendrix und huch, deine Gitarrensaite ist gerissen. Du bist Kummer und Schönheit und Ellbogen und Daumen. Du bist alles, was ich habe, in dieser fremden Wüstenstadt. Und jetzt bist du weg, trampst hinaus in die Nacht in ein gefährliches Abenteuer, das du dir selber gestrickt hast. Du fehlst mir. Schick mir eine Postkarte. Pass auf dich auf. Komm nach Hause.

SAMSTAGMORGEN / ROBERT MACHT PFANNKUCHEN
Wo ist das Sieb? Oh, ganz da hinten. Eine Tasse Mehl. Sieb schütteln. Jawoll. Kein einziger Klumpen zu sehen. Ein kleines bisschen Zucker. Lily sagt zwar, keinen Zucker nehmen, aber ich bin der Boss. Eier, zwei, hoppla. Drei Tassen Milch. Rmmmmm, rmmmmm. Ich und mein Schneebesen. Schaut euch das an, seidenweich. In den Kühlschrank damit, bis ich das andere Zeug zusammenhabe. Zitrone, halbieren. Brauner Zucker, ja. Zimt, jawoll. Pfanne, fertig. Erhitze einen großen Klecks Butter. Hole Teig aus Kühlschrank, gieße in Pfanne, verstreiche etwas, summe Tom-Waits-Song dazu, schwenke Eierschneider in der Luft. Hmm, ausgezeichnet. Wer sagt, dass ich nie koche?

ROSIE / SAMSTAGMORGEN
wacht spät auf, Schlafaugen, draußen scheint schon eine verführerische, aufreizende Sonne
ist noch halb im Traum, ist über merkwürdigen Blumengarten geflogen
wird plötzlich aufgeregt, heute ist ein ganz besonderer Tag
steht auf, duscht, wäscht Haare, kann sich nicht entscheiden, was sie anziehen soll

probiert an zieht aus probiert an zieht aus probiert an zieht aus
gibt schließlich Pip Recht, ja, das Regenbogenkleid
zieht es noch einmal aus bis später, sucht silberne Armreife
Frühstück mit Harry und Dad, drei Zitronenpfannkuchen, lecker, lecker
jetzt, was tun, wenn noch Ewigkeiten Zeit sind?
huch, Lily kommt von Spaziergang zurück, scheint schlechter Laune, geh ihr aus dem Weg
geh in dein Zimmer, nimm Sachen in die Hand und leg sie wieder weg
Robert kommt rein, hat alte Doors-Kassette gefunden, danke, Dad
hört Musik, schreibt den Text auf, macht ganz vernünftige Anmerkungen
findet Doors cool, Jim ist ein begnadeter Lyriker, Asher hatte Recht
Lily kommt herein, fragt: »Warum machst du keine Hausaufgaben?«
sie sagt: »Aber ich mach doch Hausaufgaben«
streitet mit Mutter
ruft Pip an, aber Pip ist nicht zu Hause
macht sich eine Tasse Kaffee, isst vier Kräcker mit Frischkäse und Honig
stellt den Fernseher an, nichts Vernünftiges, nur Sport
schaut ewig lang aus ihrem Zimmerfenster
inspiziert Haare nach gespaltenen Spitzen, findet jede Menge, schnibbelt sie ab
wird zum Mittagessen gerufen, hat keinen Hunger, kriegt Vortrag über Magersucht
sagt, dass sie noch weggeht
erlebt die spanische Inquisition
Regenbogenkleid, rote Sandalen, bürstet das Haar, Sonnenblumenparfüm
Spieglein, Spieglein, tief Luft holen, tu es einfach
fährt mit dem Rad zum Apartment 3 in der Ivy Street 79.

ROSIE BEGEGNET MALVINA
»Hallo, ich bin Rosie. Ist Asher da?«
»Rosie. Ich bin Malvina. Also … hör zu, hm, komm rein.«

UND ROSIE DENKT
Seine Mutter sieht aber cool aus. Mmm, hübsche Wohnung, überall bunte Bilder und Bücher und interessante Sachen. Ich wünschte, ich könnte in so einer Wohnung wohnen, ein großes, kreatives Durcheinander, nicht dieses Alles-muss-perfekt-sein, diese aufgeräumte Schöner-Wohnen-Atmosphäre wie bei uns. Soll ich mich hinsetzen oder stehen bleiben? Wo ist Asher?

UND MALVINA DENKT
Rosie. So heißt sie also. Hübsches Mädchen. Sie hat wunderschöne Augen. Und sie ist sehr nervös. Wie zum Teufel soll ich es ihr sagen?

ROSIE DANACH
Ich kann jetzt nicht gleich nach Hause gehen. Mam würde sich sofort wie ein Vampir auf mich stürzen und wissen wollen, was passiert ist, und das würde ich nicht aushalten. Was mach ich jetzt? Einfach ein bisschen rumlaufen, was anderes bleibt mir wohl nicht übrig. Ich kann's einfach nicht glauben, dass Asher von zu Hause weggelaufen ist. Er kann es nicht lange geplant haben, sonst hätte er mich ja nicht eingeladen. Seine arme Mutter. Sie meint, er kommt vielleicht zurück, aber sicher ist sie nicht. Zuerst müssen sie ihn finden, dann müssen sie nach einer Lösung suchen. Vielleicht bleibt er bei seinem Vater, aber Malvina meint, das sei ziemlich unwahrscheinlich, da sein Vater beruflich sehr viel unterwegs ist. Asher muss es hier wirklich schrecklich finden, sonst wär er nicht einfach so abgehauen. Ich dachte, er mag mich. Seine Mutter war toll. Sie hat mit mir geredet wie mit einem Erwachsenen. Was mach ich jetzt? Ich kann doch nicht den ganzen Nachmittag nur herumlaufen. Vielleicht geh ich zum Markt und bleibe dort bis

halb fünf und geh dann nach Hause. Asher, du blöder Hund. Ich dachte, du magst mich. Jetzt hab ich keinen Projektpartner mehr. Aber ich nehm trotzdem Jim Morrison.

ASHER / SAMSTAGNACHMITTAG

oh mann hört das denn nie auf ich schwöre dass ich nie mehr so einen fettigen vergammelten fraß essen werde ja lieber gott fettige graue hamburger und kalte ranzige gelbe dinger die mal heiße pommes frites waren werden mich vom heutigen tag an bis in alle ewigkeit in meinen träumen verfolgen ein rastplatz zu viel das ereignis des tages naht wir passieren die grenze zwischen westaustralien und südaustralien jawohl herrschaften ein bedeutendes ereignis wird hier in eucla die monotonie der staubigen landstraße durchbrechen sie kontrollieren ob jemand obst dabei hat denn weder pfirsich noch birne dürfen die allmächtige grenzlinie überqueren damit die gefürchtete fruchtfliege nicht über die ernte herfällt sehe viele passagiere hastig noch orangen äpfel bananen hinunterwürgen um nicht einen einzigen bissen wegwerfen zu müssen ja und der bus hält und der obstinspektor kommt herein und was oh oh der andere sieht aus wie ein bulle oh nein er ist ein bulle er sagte asher fielding da kommt er schon den gang entlanggetrottet verdammt sieht so aus als hätten sie mich geschnappt

SAMSTAGNACHMITTAG IN FREMANTLE

Tony hat Techno-Hosen an und einen Wahnsinnshaarschnitt. Er versucht von Pete eine Zigarette zu schnorren. Pete ist schüchtern, hat ziemlich schlimme Akne, trägt ein Mambo-T-Shirt und lehnt an der Mauer und versucht cool auszusehen, damit Lisa rüberkommt und mit ihm redet. Lisa hat diese Woche weinrote Haare, ganz kurz und mit Gel zu kleinen Stacheln aufgestellt, und sie fragt Sara, ob die ihr zehn Mäuse borgen kann, damit sie sich am Secondhand-Stand auf dem Markt diese echt coole, silberne Oroton-Tasche aus den Sechzigern kaufen kann. Sara trägt einen pinkfarbenen Satinhänger und einen cremefarbenen Spitzenrock und hofft inständig, dass Chris auftaucht. Chris mit der Yin-Yang-Tätowierung taucht tatsächlich auf, aber erst Ewigkeiten später. Er hat den Bus verpasst, weil er noch den Rasen mähen musste. Sara und Lisa gehen am Abend zu Leons Party. Lisa hat ihrer Mutter gesagt, sie geht zu Sara, und Sara hat ihrer Mutter gesagt, sie geht zu Lisa. Da kommt Pip.

LILY UND ROBERT UNTERHALTEN SICH / SAMSTAGABEND

»Wir hätten sie doch nicht gehen lassen sollen.«
»Mach dir keine Sorgen, Lily. Es wird schon nichts passieren.«
»Wenigstens bist du dir sicher. Ich hab überhaupt kein gutes Gefühl dabei. Es ging alles so blitzschnell, sie und Pip kommen hereingestürmt und lassen nicht locker, bis wir ja sagen. Sie haben vorher nie von dieser Party gesprochen. Und wer ist dieser Leon überhaupt?«
»Nach dem, was sie erzählt haben, scheint er nett zu sein. Ich bin sicher, dass seine Eltern die Sache im Auge behalten.«
»Wir wissen es aber nicht. Wir hätten nein sagen sollen oder sie anrufen, ob es okay ist oder so.«
»Ich glaube, du musst sie langsam loslassen, Lily. Rosie ist jetzt fünfzehn, du kannst sie nicht ewig in Watte packen. Möchtest du noch ein Bier?«
»Nein. Und du solltest besser auch keins mehr trinken. Du musst nachher noch die Mädchen abholen.«
»Mein Gott, Lily, beruhige dich. Mit zwei Bier komm ich doch noch nicht über die Promillegrenze.«
»Ich mach mir eben Sorgen, das ist alles. Sie könnten alles Mögliche anstellen auf dieser Party.«
»Bitte, Liebes, es wird schon nichts passieren. Komm, wir eisen Harry vom Computer los und machen noch einen Strandspaziergang.«
»Okay. Du holst Harry und ich meine Schuhe.«

Aus »LEBEN MIT TEENAGERN«

Um unabhängig zu werden und den Übergang ins Erwachsenenalter erfolgreich zu meistern, müssen Jugendliche ihre Bindung an Kindheit und Elternhaus lockern. Sie müssen Risiken eingehen und eigene Entscheidungen treffen. Sie werden sich allen Versuchen der Eltern, sie in Abhängigkeit zu halten, widersetzen.

DIE PARTY

Es läuft Musik von Green Day und den Smashing Pumpkins, dazwischen die Beatles. Zu essen gibt es Maiskräcker mit einem mexikanischen Dip sowie drei große Pizzen und eine Schüssel voller Fruchtgummischlangen. Zu trinken gibt es Coca Cola und ein Getränk, das eine Frauenzeitschrift als »preiswerten, alkoholfreien Früchtepunsch« veröffentlicht hatte und das freundlicherweise von Leons Mutter gestiftet worden war. Durch den Zusatz von Brandy, den Tony zu Hause geklaut hatte, ist es jedoch zu »merkwürdig schmeckendem, benebelndem, undefinierbarem Zeug« geworden. Es schmeckt grässlich, ist aber kühl und nass, es schwimmen Erdbeeren darin herum und alle trinken es. Es sind auch noch sechs Flaschen Hahns Eisbier da, die Rob mit dem falschen Personalausweis besorgt hat, den ihm Julian für fünf Dollar in Thailand beschafft hat. Aber die mag keiner trinken, weil sie warm sind, und Rob konnte sie nicht in den Kühlschrank stellen, da sonst seine Eltern gefragt hätten, wo er das Bier her hat. Mark bearbeitet Leons Gitarre und Leon sagt seinem Hund Marley mit sehr wenig Nachdruck, er soll rausgehen. Lisa und Lucy und Pip und Rosie tanzen, ganz Glitzer und Glamour und schwingende Röcke. Sara und Chris sitzen auf der Hintertreppe, haben die Arme umeinander gelegt und reden und essen Fruchtgummischlangen. Dann tauchen Dave und Peter und Shelley auf und ein paar andere, die keiner kennt, und nicht lang danach sitzen alle in einem großen Kreis und geben zwei gewaltige Joints herum, die Dave von Sam bekommen hat, der sie wiederum von diesem Typ in einem Nachtclub in Northbridge hat. »Der hat mich ganz schön gelinkt, Leute, aber was soll's.« Es ist echtes Gras und es geht ab.

ROSIE, DIE MARIHUANA-JUNGFRAU

Damit hab ich nicht gerechnet. Wenn Mam mich jetzt sehen könnte! Es riecht nicht schlecht, sehr stark und würzig. Pip sagt, man muss den Rauch ewig lang drin behalten, aber was ist, wenn ich mich verschlucke und lospruste? Alle werden merken, dass ich es noch nie probiert hab. Ich will nicht dastehen wie ein Idiot. Herrje, Sam pafft, als hinge sein Leben davon ab, dann ist Lisa dran und jetzt ich. Ganz langsam. Tu so, als sei nichts dabei. Nimm einen tiefen, langen Zug.

ROSIE HEBT AB / ZIEMLICH GENAU UM MITTERNACHT

Durst. Mehr Punsch. Hoppla, verschüttet. Macht nichts. Ich hab das Zeug schon literweise runtergeschüttet und hab immer noch Durst. Mein Mund ist ganz staubig und meine Zunge fühlt sich an wie ein Tischtennisball. Witzig. Tischtennisball. Eine Unterhaltung ist wie ein Tischtennisspiel, Wörter fliegen hin und her. Nur ohne Platte. Erstaunlich. Das muss ich mir merken. Hm, lecker, kalte Pizza. Schmeckt super, ganz fettig und käsig. Starker Song, der da gerade läuft, einfach suuuuper. Mir ist nach tanzen. Wo ist Pip? Nicht daaaaaa. Vielleicht ist sie draußen. Ich schau mal nach ihr. Hoppla, bisschen wackelig auf den Beinen. Pip? Nein, das sind Chris und Sara. Und das ist ein Gummibaum. Hallo, Baum. Und da drüben ... oh, Mist, es ist so dunkel hier draußen und ich stolpere ständig. Und wer ist das da drüben? Oh, Mann, das ist Dad.

AUF DER HEIMFAHRT

»Na, Mädchen, wie war die Party?«
»Ziemlich gut.«

»Ganz nett, das Haus.«
»Mmmm.«
»Was macht Leons Vater eigentlich, wisst ihr das?«
»Nicht genau.«
»Oh, habt ihr seine Eltern gar nicht kennen gelernt?«
»Nein, sie waren im Kino.«
»Oh. Na ja, aber die Party war gut?«
»Dad, das hast du doch schon mal gefragt.«
»Ihr erzählt mir ja nichts.«
»Dad, es gibt nichts zu erzählen.«
»Was?«
»Schnell, halt an, ich glaub, ich muss spucken.«

ASHER / SELBE ZEIT / ANDERER PLANET

Er ist wieder zu Hause und schläft jetzt, mit Hose, liegt da wie ein zerknitterter, verschwitzter Engel, seine Rastazöpfe zu Engelslocken verwuschelt. Er träumt von einem Zimmer voller glänzender elektrischer Gitarren und einem Paar fliegender Ananas. Er träumt von einem Sonnenuntergang über einem Strand mit einem weinroten Spitzenrock als Sonne, einer staubigen Straße und einem tanzenden Hamburger mit stämmigen Beinchen.
Malvina steht in der Tür, schaut ihn an und versucht nicht zu weinen, weil sie Angst gehabt hat, dass sie ihn nie wieder sehen würde, und weil sie weiß, wie sehr er seinen Vater vermisst, und sie vermisst ihn auch, verdammt.

SPÄTER SONNTAGABEND / NIGEL RUFT AN

»Hallo, Mal.«
»Nigel. Ich wollte dich auch gerade anrufen.«
»Gott sei Dank haben sie ihn gefunden. Und er ist heil wieder bei dir angekommen?«
»Ja, wie ich schon heute Nachmittag gesagt habe, hat die Polizei ihn in Eucla geschnappt und ihn in den nächsten Bus zurück nach Perth gesetzt.«

»Und wie fühlt er sich?«
»Ich weiß nicht. Erniedrigt wahrscheinlich. Er hat fast nur geschlafen seither.«
»Na ja, das ist verständlich. Und wie geht es dir?«
»Gut. Miserabel. Ich weiß nicht, was ich wegen der Schule machen soll. Ob ich ihn morgen einfach wieder hinschicken soll. Ob ich ihnen sagen soll, was passiert ist oder nicht. Ob ich vielleicht versuchen soll, ihn an einer alternativen Schule unterzubringen.«
»Was sagt Asher dazu?«
»Ich hab noch nicht richtig mit ihm gesprochen. Er sollte erst mal seine Ruhe haben.«
»Gut. Dann gib ihn mir jetzt mal, ja? Wir reden später noch.«
»Okay, ich hol ihn. Tschüss.«
...
»Hi, Dad.«
»Asher. Der Zigeuner kehrt zurück. Wir haben uns alle große Sorgen gemacht, Kumpel.«
»Mmmm.«
»Wie waren die Polizisten? Erzähl mal.«
»Ganz okay, denke ich. Sie haben mir einen Vortrag gehalten, dass man die kostbaren Kräfte der Ordnungshüter nicht vergeuden und seinen Eltern keine Sorgen machen darf.«
»Du hast uns einen ganz schönen Schreck eingejagt.«
»Ich will wieder nach Byron, Dad.«
»Ich wünschte, das wäre möglich, Ash, aber im Augenblick liegt das nicht drin. Ich bin in den nächsten Monaten ständig unterwegs.«
»Ich könnte doch einfach für mich selbst sorgen.«
»Ich glaube nicht, dass das eine so gute Idee ist, Junge. Möchtest du es vielleicht mit einer anderen Schule versuchen?«
»Eigentlich nicht. Ich will zurück nach Byron.«
»Schau, Ash, es tut mir Leid, aber das geht im Moment einfach nicht. Ich bezweifle, dass deine Mutter da mitmachen würde, und

ich halte es auch für keine gute Idee, nicht, wenn ich die ganze Zeit weg bin. Meinst du, du kannst dieser vermaledeiten Schule noch eine Chance geben? Einen Monat oder so? Irgendwo neu anzufangen ist immer schwer ... Ash, bist du noch dran?«
»Ja.«
»Wie wär's?«
»Meinetwegen.«
»Nur für einen oder zwei Monate, ja? Wenn es danach immer noch so schlimm ist, suchen wir was Neues.«
»Ja, okay.«
»Ich liebe dich, Ash. Und ich vermisse dich sehr.«
»Ich dich auch.«
»Ich schreib dir bald mal, ja? Gib mir jetzt noch mal deine Mutter, okay?«
»Ja. Okay. Tschüss, Dad.«

WIE MAN RASTALOCKEN MACHT

Das Haar nicht waschen. Nicht bürsten. Gelegentlich die einzelnen Strähnen um den Finger wickeln, toupieren, damit herumspielen und dabei lustige, knotige Strähnen formen, jede in angemessener Stärke.

WIE MAN KEINE RASTALOCKEN MACHT

Das Haar mit Wachs behandeln.
Bei irgendeinem Schickimickifriseur 25 Dollar pro Locke bezahlen.

ROSIE / IM ZIMMER / SONNTAGABEND

Meine Mutter kann mich mal. Schwallt und schwallt. Blöde Kuh. War sie nie jung und wollte ein bisschen Spaß haben? Man könnte meinen, ich hätte jemand mit dem Beil erschlagen oder so. Darf mich in den nächsten zwei Wochen nicht mit Pip treffen außer in der Schule ... darf nicht mehr auf Partys gehen, wenn keine Erwachsenen dabei sind ... darf nicht bla bla bla

Rhabarber Rhabarber Rhabarber. Genau das, was ich nicht brauchen kann, wenn ich mich so elend fühle. Noch mehr Gras oder Spezialpunsch stehen sowieso nicht unbedingt ganz oben auf meiner Wunschliste, aber das braucht sie ja nicht zu wissen. Den Triumph gönn ich ihr nicht. Mann, hab ich gereihert... schade um meine Sandalen. Aber es war witzig sie mit dem Wasserschlauch abzuspritzen. Ob sie nach dem Trocknen wohl irgendwie komisch aussehen?
Gott, ist mir langweilig. Wenn nur meine Nase endlich heilen würde. Sie ist immer noch ganz entzündet und eitrig. Ich sehe grässlich aus. Gut, dass Asher nicht da ist und mich so nicht sehen kann. Aber ich wünschte, er wäre da. Wünschte, meine Nase wäre besser. Sollte noch mal Teebaumöl drauftun. Vielleicht sollte ich auch den Ring rausnehmen. Nö, den Triumph gönn ich ihr nicht. Es sieht echt stark aus, wenn erst mal alles abgeheilt ist. Es gibt da einen Laden in der Stadt, der hat jede Menge süßer kleiner Stecker für die Nase. Ich will einfach anders aussehen als die anderen. Ich frag mich, ob ich Saras Tipp mit dem Wachs mal ausprobieren soll. Rastalocken sind irre, find ich. Ich glaube, ich tu's. Ich schmelze die alte blaue Kerze und reib sie mir rein. Rastalocken. Mam kriegt einen Anfall, aber was soll's?

ASHERS ZIMMER

Futon auf dem Boden mit schwarzem Laken, weißem Kissen und einer schwarzen Steppdecke. Auf einem Brett über zwei Backsteinen neben dem Bett eine Reihe Bücher – darunter ›Per Anhalter durch die Galaxis‹, zwei Titel von Richard Brautigan, Erbstücke von Nigel, und eine ziemlich zerfledderte Jim-Morrison-Biographie. Eine alte Gitarre. Zwei Songbooks. Drei Gitarren-Plektrums. Sechs weiße Kerzen in einer kleinen Flaschensammlung. Krokodilförmiger Aschenbecher. Foto von Asher, Sam, Viv und Jesse auf einer Veranda, Arm in Arm, lachend. Batikrucksack mit Schulbüchern. Kleiderregal aus Bambus. Kleider auf dem Boden. Kassettenrekorder und siebenundzwanzig Kassetten, vier davon mit Hülle. Doors-Poster. Pulp-Fiction-Poster. Schafschädel. Kristallpyramide. Leeres Päckchen Sandelholz-Räucherstäbchen. Angebissener Pfirsich. Und auf dem Bett ein einsamer Junge.

IN EINEM EINSAMEN KOPF

morgen ist montag kann mich nicht drücken ausgeschlossen ich hab dad versprochen dass ich es noch einmal versuche also werd ich wohl müssen ich komm mir vor wie ein idiot weit bin ich ja nicht gekommen wenn mam sich bloß nicht so aufregen würde sie versucht es nicht zu zeigen aber ich weiß dass sie fix und fertig ist sie hat zum mittagessen makkaroni mit käse gemacht und spinatsalat mit pinienkernen und einen aprikosenstreuselauflauf als nachtisch alle meine lieblingsgerichte aber ihre augen sind traurig rosie ist bestimmt stinksauer sie wird nicht mehr meine projektpartnerin sein wollen aber was soll's mir doch egal im grund ist das ganze leben doch beschissen du wirst geboren wirst krank wirst alt und stirbst und dazwischen hast du pickel und schule und irgendeinen langweiligen job ich glaub ich spiel ein bisschen auf meiner gitarre gott wenn bloß dad hier wäre ich wünschte ich wünschte ich weiß nicht mal was zum teufel ich mir wünsche

ROSIE / SPÄTER

Oh, Scheiße, wie das aussieht. Was mach ich denn jetzt? Igitt, sie sind ganz wachsig und komisch. Hilfe! Ich frag besser Mam. Nein, sie flippt nur wieder aus. So geh ich nicht in die Schule, ausgeschlossen. Vielleicht krümelt das Wachs raus, wenn ich drauf schlafe, und ich kann den Rest morgen früh ausbürsten. Ja, ich schlaf einfach drauf. Das Zähneputzen spar ich mir heute. Ich bin so müde. Scheiß Schule morgen. Ob Asher es wohl bis Byron geschafft hat?

BLAUER MONTAG ODER GENAUER: BLAUES WACHS

»Du liebe Güte, Rosie, wie konntest du nur?«

»Du brauchst dich jetzt nicht wieder ewig darüber aufzuregen. Hilf mir einfach es rauszukriegen.«

»Dann bleib doch mal stehen.«

»Rauszupfen haut nicht hin, Mam. Das versuche ich schon, seit ich wach bin.«

»Dann gibt es nur noch eins: Ich muss es rausbügeln.«

»Was?«

»Rausbügeln. So hab ich Kerzenwachs schon aus Stoff rausbekommen. Man legt den Stoff auf saugfähiges Papier, und wenn man drüberbügelt, schmilzt das Wachs und läuft ins Papier. Etwas anderes fällt mir nicht ein.«

»Du wirst mir die Haare ansengen.«

»Nicht, wenn ich das Bügeleisen auf die niedrigste Stufe einstelle. Komm schon. So kannst du nicht in die Schule. Hör auf zu weinen, Rosie. Komm, das kriegen wir schon wieder hin.«

PIP UND ROSIE AUF DEM WEG ZUR SCHULE / MONTAG

»Ehrlich, Rosie, man merkt überhaupt nichts. Es sieht aus wie immer.«

»Ganz bestimmt?«

»Ganz bestimmt.«

»Riecht es irgendwie komisch?«

»Nein, es riecht gut, wie Shampoo.«

»Als Mam es gebügelt hat, roch es ganz merkwürdig. Deshalb hab ich es gewaschen. Aber meine Nase sieht schlimm aus, nicht wahr?«

»Rosie, sie ist einfach ein bisschen rosa. Sie entzünden sich immer. War bei mir auch so. Das heilt schon wieder, maximal zwei Tage noch. Aber was hat deine Mutter dazu gesagt?«

»Sie war ziemlich wütend, aber sie wird's überleben. Ist das Leben nicht einfach wunderbar?«

»Und wie.«

»Schau mal, da vorn kommen Lisa und Sara. Komm, Pip, wir schleichen uns an. Ich pflücke von den Bougainvillea und bewerfe sie damit. Meine Rache an Sara für den Schönheitstipp.«
»Rosie, du musst verrückt sein. Aber okay, warte auf mich.«

MONTAGMORGEN / LEHRERZIMMER / BIRCH-STREET-HIGHSCHOOL

Mister E. trinkt eine Tasse starken Kaffee mit Milch und zwei Stück Zucker. Gut gelaunt beißt er von dem Aprikosenteilchen ab, das er auf dem Weg zur Schule gekauft hat, und liest sein Horoskop in der Tageszeitung. Was die Astrologie betrifft, so macht er sich einerseits darüber lustig und andererseits glaubt er daran. Wenn das Tageshoroskop düster aussieht, wählt er die erste Variante und sagt sich, dass Astrologie Unsinn ist; ist es aber gut, fühlt er sich als sensibler New-Age-Cowboy und glaubt daran. Heute verheißt es den Stieren einen produktiven und ereignislosen Tag, was für einen Gymnasiallehrer an einem Montagmorgen so normal klingt, dass es schon wieder langweilig ist.
Als das Telefon läutet, hebt er ab – den Mund voller Aprikosenkuchen – und dann muss er schnell schlucken, damit er mitfühlend und vernünftig und professionell mit Malvina reden kann, wie das von ihm erwartet wird. Mr. McKenna, der Direktor, ist in einer Konferenz und der Verbindungslehrer spricht gerade mit einer Mutter, deshalb dachte Rhonda aus dem Sekretariat, er könne den Anruf übernehmen, da Asher ja in seiner Klasse sei. »Klar«, versichert er Malvina, »ich verstehe. Danke, dass Sie angerufen haben. Ja, ich behalte ihn im Auge, schone ihn.«
Als er den Hörer auflegt, ist er nachdenklich. »Armer Junge. Mir war nicht klar, dass er aus einem ganz anderen Bundesstaat kommt. Muss sich an verdammt viel Neues gewöhnen. Neuer Wohnort, neue Schule, Trennung der Eltern. Das alles und die Pubertät noch dazu. Mit viel mehr kann man sich in diesem Al-

ter gar nicht herumschlagen. Es ist eine Schande.« Was er bis jetzt von Asher gesehen hat, gefällt ihm. Sein Mut, ausgeflippte Sachen zu tragen und sich den Regeln zu widersetzen, sein Lebenshunger, der sich an der Jim-Morrison-als-großer-Dichter-Geschichte zeigte. »Na ja«, denkt er, als er das letzte klebrig-köstliche Kuchenstück in den Mund steckt und sich die Finger ableckt, »einen völlig ereignislosen Tag gibt es hier wohl nicht.«

Aus »LEBEN MIT TEENAGERN«

Eltern mit Teenager-Kindern sollten immer daran denken, dass ihre ursprüngliche Funktion immer weniger wichtig wird. Bald sind sie nicht mehr zur finanziellen oder emotionalen Unterstützung ihres Kindes verpflichtet. Dies ist die Phase, in der Eltern Zeit und Energie in sich selbst und ihre Beziehung investieren können. Es wird jetzt Zeit an die eigene Zukunft ohne Kind zu denken.

LILYS MONTAGMORGEN

Augenbrauen zupfen.
Achseln rasieren.
Beine enthaaren.
Geschirr spülen, staubsaugen, waschen.
Sonja anrufen. Für Donnerstag zum Kaffee verabreden.
Termin mit Therapeutin machen wegen Sorgen um Rosie.
Tierarzt anrufen wegen Beethovens Juckerei.
Lebensmittelladen. Naturkostladen. Bio-Gemüse.
Bank. Reinigung. Briefmarken kaufen.
Aerobicstunde, 11 Uhr.
Rechtzeitig zur Mittagsshow im Fernsehen nach Hause.

MONTAGMORGEN / ROBERT FÄHRT ZUR ARBEIT

Er dreht im Auto eine alte Pink-Floyd-Kassette richtig laut auf und denkt zurück an die Sechziger, als die ganze Welt noch aufregend und gut war, und fragt sich, warum Lily in letzter Zeit immer so mürrisch und ängstlich ist und ob sein Klient an diesem Morgen wohl aufkreuzt und hätte er die Krawatte mit dem Blumenmuster vielleicht doch nicht zu dem grünen Hemd tragen sollen und vielleicht würde er zum Mittagessen im Café Rialto einen Salat essen, obwohl er viel lieber ein hübsches, kalorienreiches, aufgebackenes Käse-und-Schinken-Sandwich aus dem kleinen Delikatessenladen hätte und wieso sind Wochenenden immer so kurz und wieso fühlt er sich so verdammt alt …

ES PASSIERTE FOLGENDES

Rosie kam schon etwas eher zum Englischunterricht. Sie wollte mit Mr. Epanomitis reden, weil sie ja jetzt keinen Projektpartner für ihr Dichterreferat mehr hatte, doch das Klassenzimmer war leer bis auf 37 Tische, einen Papierkorb, eine vergessene Tennissocke und vier Fetzen zerknülltes Papier. Das lag daran, dass Mister E. noch im Lehrerzimmer war und Mrs. Hyde bat, Asher nicht mehr ständig wegen seiner Kleidung zu triezen und dem Jungen eine Chance zu geben sich einzugewöhnen. Mrs. Hyde stimmte zähneknirschend zu, hauptsächlich, weil sie wusste, dass sie gegen die Verwahrlosungsseuche, die sich auf dem gesamten Planeten ausbreitete, auf verlorenem Posten stand. Darüber hinaus kreisten ihre Gedanken in erster Linie um die Tatsache, dass Montag war und sie gerade wieder mal eine langweilige Diät angefangen hatte und sich in der Mittagspause lediglich auf vier Vollkornkräcker mit Hüttenkäse, ein paar Tomatenscheiben und einen ziemlich kleinen Apfel freuen konnte.

Dann erschienen Thomas und Michael und Lucy und Shannon und Emma und Hannah und Sam und Leon und Mister E. und Val und Bonnie und Purdie und Scott und Victor und Anna und Julia und Amy und Tim und Emily und Jeff und Sara und Michael und Ben und Paul und Kay und Harry und Jake und Michelle und Clare und Sophie und Nick und Simon und Chris und Maria und

Bea und Tony. Sie machten einen ziemlichen Krach. Rosie war so damit beschäftigt über das Wochenende nachzudenken und mit einem roten Textmarker Sterne und Wolken auf ihren Ordner zu malen, dass sie kaum etwas davon mitbekam. Als schließlich Asher hereinkam und sich neben ihr auf den Stuhl fallen ließ und sie aufschaute und ihn sah, war sie sehr überrascht, wie Sie sich gewiss vorstellen können, lieber Leser.

MISTER E.
»Willkommen am Montag, Ladys und Gentlemen. Hat jemand von euch am Wochenende die Brett-Whiteley-Ausstellung gesehen? Tolle Sachen. Ich empfehle euch hinzugehen und sie euch anzuschauen, wenn ihr könnt. Er war ein ausgesprochen begabter Künstler, ein echtes Phänomen. Sie verkaufen ein gutes T-Shirt dort mit einem Whiteley-Zitat drauf: ›Das Leben ist kurz, aber der Donnerstagnachmittag scheint kein Ende zu nehmen‹. Setzt Montagmorgen ein und schon habt ihr meinen frisch geklauten Spruch zum Tage. Aber wir wollen das Beste daraus machen.
Ich möchte euch bitten, das Blatt herauszuholen, das ich letzte Woche verteilt habe, das mit den Beispielen für zeitgenössische Dichtung. Schaut euch die Gedichte so etwa fünf Minuten lang an und lest noch einmal durch, was ihr aufgeschrieben habt, als wir über moderne Lyrik gesprochen haben, Themen, Formen, Stilmittel und die ganzen Sachen. Dann möchte ich, dass ihr selber ein Gedicht schreibt. Mal sehen, ob ihr die wichtigsten Punkte, die wir besprochen haben, umsetzen könnt. Eine gute Möglichkeit um einen Schreibstil kennen zu lernen ist ihn zu imitieren. Thomas, mein Guter, schau nicht so entsetzt. Das soll eigentlich Spaß machen. Versuch es mit einer Parodie, wenn du magst. Ein bisschen Ironie wäre nicht schlecht – nutze dein wunderbares humoristisches Talent, Junge. Das Thema spielt keine Rolle, und wenn euch wirklich nichts einfällt, gibt's immer noch das altbewährte ›Mein Wochenende‹. Okay, Leute, Ruhe jetzt

und fangt an. Für diejenigen, deren Gedächtnis Unterstützung braucht, schreibe ich die Definition von Parodie an die Tafel.«

DER ZETTEL

??????
hi, tut mir Leid wegen Samstag ich hab mich abgesetzt
Ich weiß, deine Mutter hat es mir gesagt. Was war denn los?
Mam hat die Bullen angerufen & die haben mich in Eucla geschnappt
Scheiße
Scheiße hoch drei Grüß Gott schönes Perth … sind wir noch Partner für das Referat??
Ja, falls du dich nicht wieder ohne Vorwarnung absetzt.
okay schön dich zu sehen
Gleichfalls. Wir reden nachher – jetzt müssen wir Gedichte schreiben.

LANDSTRASSE von Asher Fielding

die weiße Linie entlang
hinein in die Nacht
Zigeunerblues
Busbahnhof-Heimweh-Blues
Kalte-Pommes-und-lauwarmer-Kaffee-Blues
einsamer-Mitternachtsabenteuer-Blues
mit ungewissem Ziel
die weiße Linie entlang
hinein in die Nacht

FÜNFZEHN von Rosie Moon

ich bin fünfzehn ich bin nasenring
ich bin fünfzehn ich bin rosen bei sonnenuntergang
ich bin fünfzehn ich bin glücklich traurig und mittendrin

ich bin fünfzehn ich bin docs und spitzen und federn
ich bin fünfzehn ich bin wolke und erde und mondstrahl
ich bin fünfzehn ich bin rosie ich bin her und hin
lasst
  mich
    fliegen

PARODIE: Spöttische Nachahmung des Stils eines literarischen Werkes, bei der die stilistischen Besonderheiten eines Autors oder einer Schule durch Übertreibung ins Lächerliche gezogen werden.

DAS AUSTRALISCHE GEHEUL von Thomas Corkingdale

(Eine Parodie auf »Das Geheul« von Allen Ginsberg)

Ich sah die größten Geister meiner Generation zerstört durch Nutella, Pepsi und Treets, fett, picklig, verbraucht,
wie sie ihre Wagen über hässliche Landstraßen schleiften Ausschau hielten nach billigen Brathähnchen
technogeile Popper, gierig nach der sofortigen wunderbaren Verschmelzung mit dem Cyberspace
die rotäugig und mittellos dasaßen und zuschauten Teppich essen warten auf den wütenden Eltern-Morgen
die ziellos wanderten von Einkaufszentrum zu Supermarkt auf der Suche nach etwas das nicht aus Plastik war
die unbekümmert in Chlorbecken schwammen und unter einer Melanom-Sonne beteten der New-Age-Todesengel möge sie verschonen
deren Träume und Visionen von Elternworten wie »nicht jetzt« und »vielleicht später« ausgehungert wurden
die Montage überlebten nur um dann feststellen zu müssen dass der Dienstags-Wahnsinn hinter ihren Neonrücken lauerte
die nur für die Freude an Reebok, Nike und Mambo lebten

von pappigem Toastbrot und billiger Erdnussbutter um den Verstand gebracht
und die absolute Hölle der Pubertät auf ewig eingebrannt in ihre fröhlich vergeudeten Gehirne

ABENDESSEN IM HAUS DER MOONS

»Pass auf, dein Saft, Harry, du wirfst noch das Glas um. Du bist so gut gelaunt, Rosie. Wie war's in der Schule?«
»Gut.«
»Etwas Besonderes?«
»Hm. Wir haben in Englisch ein Gedicht geschrieben.«
»Das ist schön. Oh nein! Harry, ich hab's dir doch gesagt! Schnell, hol mal jemand einen Lappen.«
»Tut mir Leid, Mam.«
»Versuch in Zukunft bitte etwas vorsichtiger zu sein, ja?«
»Was hast du heute gemacht, Lil?«
»Oh, nichts, Liebling. Das Übliche eben. Wer mag noch etwas von der Lasagne?«
»Ich, Mam.«
»Nein danke, ich nicht.«
»Darf ich bitte aufstehen, Mam? Ich will rübergehen zu Pip und Hausaufgaben machen.«
»Rosie, ich hab dir doch gesagt, dass du Pip zwei Wochen lang nur in der Schule sehen darfst.«
»Bitte, Mam. Das ist was anderes. Das ist doch praktisch wie Schule. Wir müssen an unserem Referat arbeiten. Bald ist Abgabe. Bitte.«
»Ich denke, das geht in Ordnung. Nicht wahr, Lil?«
»Oh. Na gut. Wann bist du wieder daheim?«
»Hm, gegen halb zehn. Und danke, Mam.«
»Mam, darf ich auch aufstehen? Ich möchte ›Seinfeld‹ kucken.«
»Dann geh. Mein Gott, Robert, jedes Mal fällst du mir in den Rücken. Du unterstützt mich einfach nicht, wenn ich versuche den Kindern Disziplin beizubringen.«

»Jetzt aber sachte, Lily. Du weißt, dass das nicht stimmt.«
»Ja, Herr im Himmel, und was war das dann gerade eben? Ich sage, sie kann nicht gehen, und du kommst daher und untergräbst meine Autorität.«
»Mein Gott, worüber regst du dich denn so auf? Sie geht lediglich zu Pip und macht Hausaufgaben.«
»Es geht ums Prinzip. Wir sollten eine geschlossene Front bilden.«
»Da bin ich anderer Meinung. Warum, zum Teufel, sollten wir so tun, als wären wir uns einig, wenn wir es gar nicht sind? Aber ich schau mir jetzt mit Harry ›Seinfeld‹ an. Kommst du auch?«
»Nein.«

LILY MACHT DEN ABWASCH
Ich hasse ihn. Ich und meine Bedürfnisse interessieren ihn nicht die Bohne. Er verdrückt sich einfach und lässt mich mit dem Abwasch allein. Ich mach mir die ganze Arbeit mit der Lasagne und dann schlingen sie alle nur runter und verschwinden und ich kann sauber machen. Das ist nicht fair.

ROBERT, NUR MIT EINEM AUGE BEI »SEINFELD«
Sie macht mich noch wahnsinnig. Meine Sicht der Dinge interessiert sie doch gar nicht. Nie kann ich ihr etwas recht machen. Und dann zieht sie ihre Schau ab und bleibt in der Küche und spielt die Märtyrerin mit dem Abwasch. Als ob der nicht auch mal warten könnte. Warum können wir nicht einfach mal abschalten und den Abend genießen?

HARRY
Warum müssen sie sich immer streiten? Ich wünschte, Mam würde reinkommen und sich einfach zu uns setzen.

ROSIE UND ASHER TREFFEN SICH IM PARK / 19:25 UHR
»Hallo.«
»Hallo.«

»Du hast sie rumgekriegt.«
»Ja, ich hab Mam gesagt, ich gehe zu Pip und mache Hausaufgaben.«
»Lassen dich deine Eltern nicht so oft weg?«
»Nein. Das heißt, es geht. Dad ist ziemlich locker, aber meine Mutter nicht. Sie will immer wissen, wohin ich gehe und mit wem und das ganze Zeug. Außerdem darf ich mich im Moment nicht außerhalb der Schule mit Pip treffen.«
»Wie das?«
»Das ist eine lange Geschichte.«
»Magst du sie mir erzählen?«
»Na ja, als ich am Samstag zu dir gekommen bin und du nicht da warst, wollte ich nicht gleich wieder nach Hause. Also bin ich runter zum Markt um einfach ein bisschen rumzuhängen und dann hab ich Pip getroffen und die anderen aus der Schule und wir sind zu einer Party eingeladen worden. Meine Mutter wollte mich eigentlich nicht gehen lassen, weil sie Leon nicht kennt, es war seine Party, verstehst du, aber schließlich hat sie doch ja gesagt. Jedenfalls hat mein Vater mich und Pip um Mitternacht abgeholt und auf dem Heimweg hab ich alles voll gekotzt und Mam hat einen hysterischen Anfall gekriegt, weil keine Erwachsenen bei der Party waren, und sie dachte, ich hätte getrunken.«
»Und – hast du?«
»Ein bisschen. Und das andere auch.«
»Welches andere?«
»Na ja, ich hab meinen ersten Joint geraucht.«
»Oh.«
»Du rauchst wahrscheinlich regelmäßig, oder?«
»Nö, kann man nicht sagen. In Byron gibt's das Zeug überall, da hab ich's eben auch probiert. Ist nichts Besonderes. Meine Eltern haben früher regelmäßig ihre Joints geraucht, aber jetzt nicht mehr. Dad meditiert jetzt und Mam trinkt Wein.«
»Wow. Deine Eltern haben gekifft?«

»Ja, klar. Deine nicht?«
»Ausgeschlossen. Zumindest bezweifle ich es. Über so was reden sie nicht.«
»Ach so. Wann musst du zu Hause sein?«
»Halb zehn.«
»Wollen wir zu mir gehen und an unserem Doors-Referat arbeiten?«
»Was wird deine Mutter sagen?«
»Wahrscheinlich hallo, wollt ihr was zu trinken?«
»Na gut, dann gehen wir.«
»Super.«

ROBERT GEHT EIS HOLEN / 19:45 UHR

Hoffentlich haben sie welches mit Pekannüssen. Schokolade ist auch okay, aber das mit Pekannüssen ist das Beste. Gott sei Dank hat sich Lily wieder beruhigt. Ich bin froh, dass sie doch noch reingekommen ist und sich das Ende von ›Seinfeld‹ angeschaut hat und dass Harry Eis wollte. So sollte das Leben sein. Man lässt es sich gut gehen und gönnt sich ab und zu etwas anstatt ständig zu streiten und sich Vorwürfe zu machen. Vielleicht renkt sich doch alles wieder ein. In letzter Zeit war es ja ziemlich schwierig. He, pass doch auf! Ach so, ein Volvofahrer, das erklärt alles. Passt auf, ihr beiden mit den Fahrrädern, ihr seid noch zu jung zum Sterben. Hey, da ist ja Rosie. Und das andere ist ganz bestimmt nicht Pip.

ROSIE UND ASHER UND JIM MORRISON

Sie laufen in Ashers Zimmer rum, genießen die Musik und das Zusammensein und die heiße Schokolade mit Marshmallows, die Malvina gemacht hat. ›Riders on the Storm‹ und bedeutungsschwere Worte und eine Wahnsinnsgitarre und versuchen cool auszusehen, auch wenn man sich nicht so fühlt. Die schwache Abendbrise lässt die Vorhänge tanzen und durchs Fenster kommt der Duft nach rotem Jasmin von dem Baum draußen und der starke Malzduft von der Fabrik am Ende der Straße. Und Rosie denkt: »Er ist echt nett und vielleicht frag ich ihn, wie er seine Rastalocken hingekriegt hat, und ich hoffe, meine Nase sieht nicht zu eklig aus, und wenn ich nur nicht schon bald wieder nach Hause müsste.« Und Asher denkt: »Ich mag sie sehr und sie hat wunderschönes Haar und sie riecht nach Blumen und ich wünschte ich könnte Gedichte schreiben wie Jim und vielleicht ist Perth doch nicht so übel und wenn sie nur nicht schon bald wieder nach Hause müsste.«

ROSIE UND ASHER RADELN NACH HAUSE

»Das hat Spaß gemacht.«

»Find ich auch. Dann haben wir jetzt alles zusammen für unser Referat, oder?«

»Ich denke schon. Wir müssen nur noch Mister E. sagen, dass er einen Kassettenrekorder für uns organisiert.«

»Mmm. Also, wir spielen zuerst ›The Poet's Dream‹ und dann ›Riders on the Storm‹, dann lesen wir unsere beiden Texte vor und hören mit ›An American Prayer‹ auf. Vielleicht können wir gleich als Zweite drankommen, dann haben wir's hinter uns. Ich stecke die Kassette schon mal in meine Schultasche.«

»Ist mir recht.«

»Asher?«

»Ja?«

»Wenn du eine Band hättest, wie würdest du sie nennen?«

»Keine Ahnung. Warum?«

»Nur so. Ich find Band-Namen einfach geil. Wenn ich manchmal abends im Bett liege, erfinde ich welche, nur so zum Spaß.«

»Was denn zum Beispiel?«

»Versprichst du mir, dass du nicht lachst?«

»Nur wenn sie wirklich komisch sind.«

»Okay. *Heulendes Elend. Die Spucknäpfe. Rosa Lampenputzer. Knallköpfe. Meerjungfrauen auf Eis.* Durchgeknalltes Zeug eben.«

»Stark. He, *Durchgeknalltes Zeug* wäre doch auch ein guter Name für eine Band. Und wie findest du *Die Schleimer*?«

»*Crime Time.*«

»*Tierfutter.*«

»*Total Fucking Strangers.*«

»Der ist gut. Weißt du, was ich mache, wenn ich nachts im Bett liege?«

»Was?«

»Ich plane Reisen. Für nach der Schule. Ich stelle mir vor, dass ich mir mit ein paar Freunden ein Auto kaufe und wir durch Australien fahren, anhalten, wo es uns gefällt, ohne festes Ziel, Abenteuer erleben. Oder ein bisschen Geld verdienen und dann die Fliege machen. Trampen. Indien, Amerika, überall. Den Globus rauf und runter, nennt Malvina es.«

»Das gefällt mir, den Globus rauf und runter. Ich komme mir vor, als würde sich mein Leben meistens ganz woanders abspielen. Eher rein und raus aus der Hölle.«

»Echt?«

»Na ja, meine Eltern kommen nicht gerade blendend miteinander aus. Meine Mutter sieht alles so verbissen. ›Nein‹ ist ihr Lieblingswort und ohne Sorgen ist ihr Leben sinnlos. Und in der Schule läuft auch meist alles nur nach Vorschrift.«

»Du sagst es. Weißt du was? Ich hab mich in dir getäuscht.«

»Wie meinst du das?«

»Als wir uns das erste Mal gesehen haben, hab ich gedacht, du seist ... na ja ... «

»Was? Komm, sag schon.«

»Also, reiß mir jetzt nicht den Kopf ab, aber du hast ziemlich brav und bieder ausgesehen, ein bisschen wie eine Streberin. Wie eine, die tut, was man ihr sagt, und nie auffällt.«

»So bin ich nicht.«

»Weiß ich doch.«

»Da wohne ich. Ich geh besser gleich rein. Ich bin eh schon spät dran.«

»Okay. Bis morgen dann.«
»Ja.«
»Ja dann, bis morgen.«

IN SEINEM KOPF

vielleicht hätte ich das nicht sagen sollen mit der streberin hoffentlich ist sie jetzt nicht sauer auf mich bei mädchenmenschen kann man nie wissen aber ich glaube sie hat mich verstanden he katze fast hätt ich dich platt gemacht sie ist witzig die ganzen namen zu erfinden war cool ich will sie wieder sehen nicht nur in der schule und gib's zu mann du magst sie echt

ROSIE

Das war super. Er ist einfach irre. Bloß blöd, dass er mich für ein wohlerzogenes Töchterchen gehalten hat. Die Mädchen in Byron Bay sind bestimmt alle heiße Hippie-Bräute. Ob ich jetzt noch Pip anrufen und ihr alles erzählen kann? Himmel, es ist fast zehn. Hoffentlich ist Mam nicht sauer. Oh, gut, sie sitzen vorm Fernseher. Vielleicht kann ich mich ja ganz leise reinschleichen ...

DIE KACKE IST AM DAMPFEN

Der Fernseher wird ausgeschaltet und die Unheil verkündenden Worte ertönen: »Komm rein und setz dich, bitte. Wir wollen mit dir reden.« Rosie spürt die Spannung im Zimmer und ihr Magen krampft sich zusammen. Sie kennt dieses Jetzt-gibt's-Ärger-Gefühl. Robert versucht ruhig und vorsichtig anzufangen, doch bevor Rosie eine Chance hat, ihren Standpunkt darzulegen und zu sagen, dass es schließlich ihr Leben sei, ist Lily schon aufgesprungen und läuft im Zimmer herum und benutzt Worte wie »Lügen« und »Unaufrichtigkeit« und »Grenzen« und es wird laut und es interessiert niemanden, wie es wirklich ist mit fünfzehn und umgeben von dem Wörtchen nein, und das Ganze wird immer schlimmer und man schreit sich gegenseitig an und Türen werden zugeschlagen und da liegt Rosie, hat sich auf ihr Bett geworfen, das Gesicht ins Kissen gedrückt, und weint und weint.

ES WURDE NACHT UND ALLE SCHLIEFEN UND SO ENDETE EIN RECHT EREIGNISREICHER MONTAG

DIENSTAGMORGEN / FRÜHSTÜCK MIT EINER DISZIPLIN-FANATIKERIN

Sorgfältig streicht Lily einen Teelöffel Ricottakäse (40 kcal) auf ein Stück Roggentoast ohne Hefe (70 kcal) und gibt noch einen Teelöffel Erdbeermarmelade ohne Zucker darauf (40 kcal). Sie viertelt einen kleinen Pfirsich (70 kcal) und zerteilt eine mittelgroße Nektarine (40 kcal) und legt beide auf einen grünen Teller zu dem Toast, sucht nach einem speziell für Frauen zusammengestellten Multivitaminpräparat mit besonders viel Eisen und Kalzium (0 kcal) und gießt sich eine Tasse irischen Frühstückstee mit einem Spritzer Magermilch (10 kcal) ein. Lily denkt lieber in Kilokalorien als in Kilojoules, denn die Zahlen hat sie noch im Kopf, seit sie mit sechzehn begriffen hat, dass schön und schlank zusammengehören. Außerdem hören sich Kalorien nach weniger an als Kilojoules, bei denen schon etwas so Unschuldiges wie ein Müsliriegel (704 kJ!) mit einer hohen dreistelligen Zahl daherkommt.

Lily ist nervös. Um elf hat sie einen Termin bei einer Therapeutin, Dr. Parker, im Westen von Perth. Sämtliche Frauen im Tennisclub haben von Dr. Parker gesprochen und wie wundervoll sie sei. Schon ewig hat Lily das Gefühl mit jemandem über Rosie und ihre Beziehung zueinander reden zu müssen. »Was für ein Glück, dass gerade jemand abgesagt hat und ich den Termin bekommen habe«, denkt sie. »Es passt wirklich gut, nach dem entsetzlichen Streit gestern Abend.«

»Was soll ich anziehen?«, überlegt Lily. »Den blauen Rock? Nein, den trage ich ständig. Das weiße Kostüm? Zu elegant.

Das braune Hemdblusenkleid? Zu eng. Wie wär's mit dem geblümten Rock und dem schwarzen Seidenshirt? Ja, das ist okay. Dazu die schwarzen Sandalen und die Granatohrringe … genau. Ich mach mich jetzt gleich fertig«, denkt Lily, »dann hab ich noch Zeit für ein paar Besorgungen unterwegs.«

ROSIE UND PIP AUF DEM WEG ZUR SCHULE / DIENSTAG

Es ist ein sonniger Morgen, der Himmel ist blau und die ganze Welt scheint zu lächeln: Rosenbüsche, Hunde, Briefkästen. Rosie erzählt Pip alles und Pip ist neidisch und freut sich gleichzeitig mit, nur nicht über das elterliche Donnerwetter. Über ihr ist erst neulich auch eines niedergegangen wegen Verantwortungslosigkeit gegenüber aufgetragenen Arbeiten bla bla bla Rhabarber Rhabarber. Sie sind sich darüber einig, dass Eltern langweilige alte Knacker sind und dass man an einem solchen Tag eigentlich an den Strand gehen müsste und dass Rosies Nase fast wieder normal aussieht und dass es eine gute Idee wäre, im Laden zwei eisgekühlte Kirschriegel zu holen, und dass dieses Am-liebsten-singen-tanzen-und-die-Welt-umarmen-Gefühl wahrscheinlich etwas mit der geheimnisvollen Sache zu tun hat, die man Liebe nennt, aber dass Pip, wenn Rosie nicht endlich mit Asher hier und Asher da aufhört, das Recht hat ihr mit einer fliegenden Schultasche schweren körperlichen Schaden zuzufügen.

LILY BEI DR. PARKER

»Also, Lily, was führt Sie hierher?«

»Es geht um Rosie, meine Tochter. Sie ist fünfzehn. Wir sind immer sehr gut miteinander ausgekommen, aber seit einem Jahr läuft einfach alles schief. Wir streiten uns, sie erzählt mir nichts mehr und sie hat angefangen alle möglichen Dinge zu tun, die einfach nicht mehr akzeptabel sind.«

»Zum Beispiel?«

»Sie hat sich von ihrer Freundin einen Nasenring stechen lassen. Es sieht entsetzlich aus.«
»Entsetzlich?«
»Ich finde einfach, dass es furchtbar aussieht, unansehnlich. Dieses schmuddelige, gammelige Aussehen, ich verstehe das nicht. Ich meine, was spricht dagegen, sauber und ordentlich zu sein?«
»Gibt es sonst noch etwas im Benehmen Ihrer Tochter, über das Sie sich Gedanken machen?«
»Ja, ich glaube, sie experimentiert mit Drogen und Alkohol. Letztes Wochenende ließen wir sie zu einer unbeaufsichtigten Party gehen und auf dem Heimweg hat sie sich übergeben. Ich glaube, sie war betrunken oder noch etwas Schlimmeres.«
»Schlimmer?«
»High von Marihuana.«
»Bereitet Ihnen sonst noch etwas Kopfzerbrechen?«
»Ja, da ist noch etwas. Gestern Abend hat sie gesagt, sie geht zu ihrer besten Freundin um Hausaufgaben zu machen. Mein Mann ist noch einmal weggefahren um Eis zu holen und hat sie mit einem Jungen auf der Straße herumstehen sehen.«
»Haben Sie mit ihr darüber gesprochen?«
»Na ja, wir haben es versucht, aber dann ist alles eskaliert und das Ende vom Lied war, dass Rosie rausgerannt ist und sich in ihrem Zimmer eingeschlossen hat.«
»Dann waren die letzten Wochen also ziemlich schwierig für Sie.«
»So könnte man es nennen.«
»Haben Sie noch weitere Kinder?«
»Noch einen Sohn, Harry, er ist acht.«
»Und wie läuft es mit ihm?«
»Ganz okay, denke ich. Er ist ziemlich aktiv und ein richtiger Computerfreak.«
»Mmm. Und sind Sie noch berufstätig?«
»Nein, ich bin Hausfrau. Bevor ich die Kinder hatte, war ich bei einem Steuerberater angestellt.«

»Okay. Und jetzt zu Ihnen, Lily, wie steht es mit Ihnen, mit Ihrem Leben, was tut sich da? Erzählen Sie mir von Ihren Hoffnungen und Träumen, der Beziehung zu Ihrem Mann und allem, was sonst noch wichtig ist, damit ich mir ein Bild von Ihnen machen kann.«
...
Schweigen. Langes Schweigen. Und dann Schluchzen.
»Lily? Hier sind Taschentücher. Dann sind die Schwierigkeiten mit Ihrer Tochter vielleicht nicht das Einzige, was anliegt. Aber es ist oft hart, wenn Teenager sich vom Elternhaus lösen und zu eigenständigen Persönlichkeiten werden.«
»Es ist, als hätte ich sie verloren und sie wäre nicht mehr meine Freundin.«
»Ich weiß, wir fühlen uns als Eltern zurückgewiesen und das tut weh. Aber Ihre Tochter tut nur, was sie tun muss. Sie entfernt sich von Ihnen, geht eigene Wege. Das ist normal. Jetzt wäre es vielleicht Zeit, die eigenen Träume zu leben. Ich glaube, wir könnten gemeinsam etwas erreichen, Lily. Sind Sie dazu bereit?«
»Ja, bin ich.«
»Dann sehen wir uns vorerst einmal die Woche. Passt Ihnen diese Uhrzeit und der Tag?«
»Passt mir sehr gut.«
»Okay. Was halten Sie von der Idee, ein Tagebuch zu führen, um ohne Druck auf Entdeckungsreise gehen zu können, zu malen, Ihre Gefühle niederzuschreiben, Zitate, alles Mögliche. Und nehmen Sie sich tagtäglich Zeit für drei Dinge, die Sie nur für sich tun, nicht für Ihren Mann, auch nicht für die Kinder oder sonst jemanden, Dinge, die Ihnen Freude machen. Vielleicht Dinge, die in letzter Zeit zu kurz gekommen sind. Okay?«
»Ja.«
»Gut, dann sehen wir uns am nächsten Dienstag wieder.«

DIENSTAG IN DER SCHULE

Besser kann es gar nicht kommen. Thomas Corkingdale und sein Partner sind nicht fertig geworden mit ihrem Referat, also halten

Rosie und Asher ihres und es läuft super und alle finden es toll und Mister E. ist begeistert und sagt: »Ihr habt einen hohen Standard gesetzt«, und: »Gut gemacht, ihr zwei.«
In der Mittagspause sitzen Pip und Rosie und Asher unter einem Baum am Rand des Sportplatzes und zunächst ist es ein seltsames Gefühl, so zu dritt zusammen zu sein, aber nach einer Weile gibt sich das und sie essen Erdnüsse und blödeln herum und erfinden noch ein paar Bandnamen und nach der Mittagspause kommt ihnen sogar die Antike interessant vor, Engel tanzen über der Schule und die Welt ist in Ordnung. Und falls es Sie interessiert, wie die Bandnamen lauten, verrate ich Sie Ihnen hier:
Das Domkapitel
Travellers
Der Trip
Spanner und der Hund
Die Gottlosen

DOKTOR PARKERS ARZNEI / DIENSTAG / GEGEN MITTAG

Lily sitzt in einem Café und bestellt einen Cappuccino und ein Stück Orangen-Halwa-Kuchen mit Sahne. Zum Teufel mit den Kalorien. Sie sitzt an einem der Tische vor dem Café, spürt die Sonne auf der Haut und entspannt sich. Sie betrachtet die anderen Cafébesucher und erfindet für sie neue Lebensläufe. Der Mann mit dem silbergrauen Pferdeschwanz und dem Handy ist zweifelsohne ein Kokainhändler, auch wenn er sich für einen Boutiquebesitzer hält. Gierig liest sie Hochglanzmagazine. Zum Teufel mit dem Einkauf. Sie kauft zwei Tagebücher mit wunderschönen Einbänden, eines für sich und eines für Rosie. Sie geht nach Hause und macht sich ein Spiegelei auf Toast mit Butter und Gemüsepaste und liest auf der Veranda ein paar Seiten in ihrem Buch. Zum Teufel mit der Hausarbeit. Sie schläft ein und träumt: Sie tanzt auf einer Wolke und trägt einen roten Badeanzug und rote, mit winzigen glitzernden Juwelen besetzte Schuhe.

NACH DER SCHULE / DIENSTAG / LILY UND ROSIE

»Hallo, Mam.«
»Hallo. Wie war dein Tag?«
»Nicht schlecht. Eigentlich ziemlich gut. Asher und ich haben in Englisch unser Referat gehalten.«
»Asher?«
»Der Typ, mit dem mich Dad gesehen hat. Er ist neu. Von Byron Bay.«
»Ach ja, das sagtest du. Worum ging's in dem Referat?«
»Jim Morrison. Seine Songtexte als Gedichte.«
»Hm, interessant. Hab ich dir schon erzählt, dass dein Vater und ich kurz nachdem wir uns kennen gelernt hatten auf einer Party den ganzen Abend zu ›Light my Fire‹ getanzt haben? Später hat uns jemand erzählt, dass das Sofa, auf dem wir gesessen hatten, Feuer gefangen hat, nachdem alle gegangen waren. Wahrscheinlich hat jemand eine Zigarettenkippe liegen lassen oder so. Aber es hat uns damals schwer beeindruckt.«
»Kann ich mir gut vorstellen. Aber dass du und Dad zu ›Light my Fire‹ getanzt habt … «
»Wir waren nicht immer so alte Knacker, musst du wissen. Hey, ich hab dir was mitgebracht.«
»Was?«
»Ein Tagebuch, wo du was reinschreiben kannst. Hier, schau.«
»Super! Aber was ist mit dem zweiten?«
»Ich hab mir auch eins gekauft. Oh, Mist, das Telefon. Rührst du da bitte mal so lange um?«

ROSIE DENKT

Merkwürdig. Ich weiß schon gar nicht mehr, wann sie das letzte Mal so gute Laune hatte. Was soll denn das werden … Käsesoße oder so was … vielleicht macht sie dieses Spinat-Soufflee, das

Dad so gerne isst. Super, ich wollte schon immer ein Tagebuch haben, aber ist ja wohl klar, dass ich es gut verstecke, falls das ein Trick ist und sie nur hinter meine Geheimnisse kommen will. Man kann nie vorsichtig genug sein. Aber wo verstecken? Hinter den Büchern in meinem Bücherschrank? Nein, ich weiß. Ich mach es wie Pips Bruder. Man schneidet die Seiten in einem großen Buch teilweise heraus und versteckt in dem Loch dann was anderes. Genau das mach ich. Und zwar mit dem großen Pferdebuch. Perfekt.

POSTKARTE AN ASHER

*Hallo, treulose Tomate******

Wie geht's denn so im schrecklichen Perth? Ich hab meine Kätzchen Kürbisblüte, Kurt, Klicker und Fifi genannt. Ich möchte sie gern behalten, aber Mam sagt, ich muss ein gutes Zuhause für sie finden. Kommt nicht in die Tüte. Sam hat sich beim Skaten das Handgelenk gebrochen. Das ist ein Ding, was? Alle finden es seltsam, dass dein Dad sich mit Elis Mutter trifft. Passt gar nicht zu ihm. Schreib mir mal. Du fehlst mir wie verrückt. Tu es einfach.

jjjjjjjjjjjesse xoxoxoxox

EIN VERHÄNGNISVOLLES VERSÄUMNIS

Asher schaut nicht in den Briefkasten. Er hat Wichtigeres zu tun. Es war ein toller Tag und er ist glücklich. Zuerst macht er sich eine Schüssel Cornflakes mit kalter Milch und braunem Zucker und dann spült er eine Hand voll Maischips mit einem Glas Orangensaft hinunter. Danach steigt er auf sein Fahrrad und rast die Straße zum Strand hinunter um Muscheln und getrockneten Tang zu holen. Er will für den Kunstunterricht noch ein paar Skizzen von Naturmotiven machen. Dann kommt er nach Hause und gießt sich noch einmal ein Glas Orangensaft ein und isst zwei übrig gebliebene kalte Kartoffeln und legt vor dem Fernseher die Füße hoch und guckt Löcher in die Luft.

Folglich schaut Malvina, die von einem besonders schlimmen Tag in der Buchhandlung nach Hause kommt, als Erste in den Briefkasten. Eine Stromrechnung, ein Handzettel vom Pizza-Service und die Postkarte. Malvina ist keine Schnüfflerin, aber während sie sich zum Haus hochschleppt, muss sie einfach ... nein, »lesen« wäre der falsche Ausdruck, eher mal eben einen Blick drauf werfen, und, oh Mann, fühlt sie sich beschissen.

BEI DEN MOONS / DIENSTAG / 18 UHR

Robert kommt nach Hause und Lily begrüßt ihn mit einer Umarmung und einem Schmusekuss. Harry sagt: »Dad, ich hab einen Mangopudding zum Nachtisch gemacht und Mam hat den Spinatauflauf gekocht.« Und Robert sagt: »Erste Sahne, mein Tiger«, und geht duschen. Auf dem Weg durchs Wohnzimmer sieht er seine Tochter lang ausgestreckt auf dem Boden liegen und eifrig irgendetwas kritzeln.

»Was soll das denn werden, Rosie?«

»Ich schreibe in mein neues Tagebuch. Mam hat es mir gekauft.«

Als Robert sich mit der grünen Seife einseift, die nach Wald und Meer riecht, pfeift er so laut er kann ›Love me Do‹ und stellt fest, dass er von Kopf bis Fuß glücklich ist. Man muss nicht im Lotto gewinnen oder nach Bali reisen oder zum Mann des Jahres gekürt werden. Heimkommen zu Lily und ein bisschen geknuddelt und geknutscht werden und ein gutes Essen – mehr braucht er nicht. Nichts Ausgefallenes. Ein ganz einfaches Glück, offen und ehrlich.

HARRY ERZÄHLT BEIM ABENDESSEN EINEN WITZ

Also, kommt ein Mann in eine Bar und lernt dort eine Frau kennen und sie fragt ihn, ob er mit zu ihr kommen und perversen Sex haben will. Und dann sind sie zu ihr gegangen und haben sich ganz ausgezogen. Dann ist der Mann im Zimmer rumgerannt und er war nackt und er hat das Licht immer an- und ausgemacht und dabei gebrüllt: »Blitz, Blitz!« Und dann ist er rumgerannt und hat gefurzt und gebrüllt: »Donner, Donner!« Und dann ist er im Zimmer rumgerannt und hat gebrüllt: »Regen, Regen!«, und hat in die Ecke gepinkelt. Und dann hat er alles ganz schnell hintereinander gemacht – »Blitz, Donner, Regen, Blitz, Donner, Regen«. Dann hat er sich wieder angezogen und wollte nach Hause gehen. Da sagt die Frau zu ihm: »Ich dachte, wir wollten noch ein bisschen perversen Sex haben«, und der Mann sagt: »Was, bei dem Sauwetter? Ausgeschlossen.« Kapiert? Mam, was bedeutet »pervers«?

APARTMENT 3, IVY STREET 79

Kein Spinatsoufflee und kein Lachen. Malvina gibt Asher die Postkarte mit einem Gesicht, als wäre es ein frischer Haufen Hundekacke, und noch bevor er sie gelesen hat, weiß er, dass nichts Gutes drinsteht. Dann liest er sie und fühlt sich auf elf unterschiedliche Arten mies, weil:

1. er ein schlechtes Gewissen hat, dass er Jesse nicht geschrieben hat
2. er es bescheuert findet, dass sein Vater sich mit Elis Mutter trifft, die, wenn er sich richtig erinnert, ziemlich doof war, nur Lippenstift und Gekichere und orangene und rosafarbene Kleider
3. es ihm an die Nieren geht, dass es Malvina an die Nieren geht
4. er glaubt seinen Vater irgendwie in Schutz nehmen zu müssen
5. er durcheinander ist
6. er sich zurückgewiesen fühlt
7. er Heimweh hat
8. er ein schlechtes Gewissen hat, weil es ihm in Perth gefällt
9. er ein schlechtes Gewissen hat, weil ihm Rosie gefällt
10. er sich Gedanken macht, wie Malvina wohl reagieren wird
11. ihm alle und alles zum Hals heraushängen

UND WIE HAT MALVINA REAGIERT?

Sie können es sich wohl vorstellen, lieber Leser. Sie war ausgesprochen lange wütend und machte sich griesgrämig in der Küche zu schaffen, brachte aber lediglich überbackene Bohnen auf schwärzlichem Toast zustande. Sie schenkte sich ein großes Glas Wein ein und verbrachte die nächste halbe Stunde damit, es zu leeren, alte Van-Morrison-Titel zu hören und dabei aus dem Fenster zu starren. Dann goss sie sich noch ein Glas ein. Als Asher mit ihr reden wollte, war sie bissig und mürrisch und beide gingen schlecht gelaunt ins Bett.

POSTKARTE AN JESSE

Hi. Tut mir Leid, dass ich nicht geschrieben hab, mir sind die Finger abgefallen ... Die Kätzchen sind sicher süß, schickst du mir eins? Die Schule ist überwiegend ätzend, aber ich hab zwei neue Freunde, Pip und Rosie. Perth ist total anders als Byron, so großflächig und nüchtern, aber Fremantle ist super, Märkte und Cafés und immer was los ... würde dir gefallen. Unsere Wohnung ist in der Nähe einer Konservenfabrik und Mam arbeitet in einer Buchhandlung. Grüß Viv und Sam von mir. Ihr fehlt mir sehr und das Surfen auch.

xoxoxox Ash

P.S. Entschuldige den Fleck. Gemüsepaste, ich frühstücke gerade.

WENN DU EIN TIER WÄRST, WELCHES WÄRST DU GERNE?

ROSIE: ein Einhorn
ROSIES VATER: ein schwarzes Wildpferd
ROSIES MUTTER: eine Siamkatze
PIP: ein Seevogel
HARRY: der Schoßhund von einem Millionär
MR. EPANOMITIS: findet die Frage blöd
ASHERS MUTTER: ein Drache
ASHER: ein Tiger

MITTWOCH

Ereignislos. Sämtliche Leute, die Sie bisher kennen gelernt haben, haben Frühstück, Mittag- und Abendessen zu sich genommen, manche haben den Tisch gedeckt und gekocht. Nur Mrs. Hydes Mittagessen bestand lediglich aus einem Diättrunk, aber mehr hat sie auch nicht verdient. Der kulinarische Höhepunkt des Tages war ein von Harry kreiertes Sandwich aus Weißbrot, bestrichen mit Schoko-Nuss-Creme und Honig und dann großzügig mit Cornflakes bestreut. Komischerweise ließ er die Sojabohnensprossen weg.

Die Eltern gingen ins Büro und in den Tennisclub und die Buchhandlung, alle anderen gingen in die Schule. In Rosies Haus wurde ein wenig Hausarbeit erledigt, aber nicht viel, und bei Asher überhaupt keine, nicht einmal das Geschirr wurde abgewaschen.

Pip und Rosie und Asher lagen in der Mittagspause am Rand des Sportplatzes, die Gesichter im Schatten und die Füße in der Sonne, und improvisierten zum Thema ›Wenn wir mit der Schule fertig sind und ein Wahnsinnsabenteuer erleben‹. Sie diskutierten lang und breit, ob sie sich lieber einen VW-Bus oder einen Van zulegen sollten, und versuchten nicht einmal ansatzweise, die Frage nach dem Sponsor der Expedition zu beantworten.

Harry verlor einen Milchzahn und bekam einen Dollar dafür, aber wir wollen gar nicht erst so tun, als hätte ihm die Zahnfee den gebracht.

Alles in allem ein ziemlich normaler Tag.

MR. McKENNA / DAS LEHRERZIMMER / DONNERSTAG

»Tja, Herrschaften, es tut mir Leid, dass ich diese Dringlichkeitssitzung einberufen musste, aber es ist etwas Ernstes passiert. Gestern Nachmittag wollte Mrs. Hyde die Schule verlassen und merkte, dass ihre Brieftasche gestohlen worden war. Es war ziemlich viel Geld drin, ungefähr 130 Dollar, dazu Kreditkarten, Führerschein und so weiter. Wendy ist verständlicherweise ziemlich wütend, vor allem, weil sie glaubt den Dieb zu kennen. Ich werde mich darum kümmern, wollte Sie alle aber informieren, damit Sie in der Zwischenzeit ein Auge auf Ihre Sachen haben. Bitte lassen Sie nichts unbeaufsichtigt in den Klassenzimmern liegen. Benutzen Sie die Schließfächer hier im Lehrerzimmer. Außerdem möchte ich Sie bitten die Ohren offen zu halten und mich zu unterrichten, falls Sie irgendetwas Sachdienliches hören. Also dann, an die Arbeit. Kann ich Sie einen Augenblick in meinem Büro sprechen, Tim?«

MISTER McKENNA REDET MIT MISTER E.

»Ich möchte gleich zur Sache kommen, Tim. Wendy glaubt anscheinend, dass der Neue, Asher Fielding, ihre Brieftasche genommen hat.«

»Ach ja? Und wie kommt sie darauf?«

»Nun ja, sie meint, er sei ein sehr eigenwilliger und rebellischer Junge, ein schwieriger Charakter ... und dass er ihr damit die Geschichte mit den Abmahnungen heimzahlen will.«

»Hat sie irgendwelche Beweise?«

»Nein, das nicht, aber sie erinnert sich anscheinend, dass er gestern Morgen als Letzter das Klassenzimmer verlassen hat. Sie sagt, ihr sei aufgefallen, dass er allein auf dem Flur herumstand, als sie selbst das Klassenzimmer verließ um zur Toilette zu gehen. Die Brieftasche lag in ihrer Schublade und könnte zu diesem Zeitpunkt verschwunden sein, auch wenn sie das Fehlen erst am Nachmittag bemerkt hat.«

»Ziemlich dumm, eine Brieftasche da liegen zu lassen.«

»Stimmt, aber darum geht es jetzt nicht, Tim. Die Brieftasche wurde gestohlen. Das ist eine ernste Angelegenheit und wir müssen sie auch so behandeln. Wie schätzen Sie den Jungen ein? Soviel ich weiß, ist er bei Ihnen in Englisch, und im Telefonbuch auf dem Sekretariat ist ein Eintrag, dass Sie vergangene Woche einen Anruf von seiner Mutter entgegengenommen haben.«

»Das ist richtig. Also meines Erachtens ist Asher völlig in Ordnung. Er ist intelligent, arbeitet gut mit und ist kreativ. Seine Mutter hat angerufen um mich davon zu unterrichten, dass er in letzter Zeit eine Menge durchgemacht hat. Sie wollte mir nur sagen, dass er im Moment vielleicht ein wenig sensibler ist als sonst, und hat mich gebeten ein Auge auf ihn zu haben.«

»Eine Menge durchgemacht? Was zum Beispiel?«

»Nun ja, er ist von zu Hause weggelaufen. Hat einen Bus nach Byron Bay genommen, wo sein Vater wohnt. Seine Eltern haben sich anscheinend erst kürzlich getrennt und der Junge hatte Heimweh, vermisste seinen Vater. Er ist nicht weit gekommen. Die Polizei hat ihn in Eucla aufgegriffen und zurückgeschickt.«

»Er hatte mit der Polizei zu tun. Hm. Ich glaube, ich rede mal mit dem Jungen.«

»Hören Sie, ich kann mir wirklich nicht vorstellen, dass er es war. In meinen Augen ist er ein anständiger Junge. Es sind noch dreißig weitere Schüler in der Klasse. Jeder andere hätte es auch tun können.«

»Überlassen Sie das mir, Tim, ja? Und jetzt gehen Sie bitte wieder an die Arbeit.«

ROSIES TAGEBUCH / DONNERSTAGABEND

Heute ist etwas Schreckliches passiert. Asher musste ins Büro von Doofkopf McKenna kommen und dort hat man ihn beschuldigt Mrs. Hydes Geldbörse gestohlen zu haben. Die blöde Kuh kann ihn nicht ausstehen, nur weil er geile Klamotten trägt und sich ihrem Kontroll-Zwang nicht angepasst hat. Asher hat Mister Mac gesagt, dass er es nicht war, aber er hatte den Eindruck, dass er ihm nicht geglaubt hat. Sie können ihm nichts beweisen, also haben sie nur einen langen Vortrag geschwungen und gesagt, dass man »in einem solchen Fall gut daran täte, die gestohlenen Sachen zurückzugeben«. Wie kann er das verdammte Ding zurückgeben, wenn er es nicht gestohlen hat? Das ist so dermaßen unfair! Er ist in der Mittagspause nicht zu unserem Treffpunkt gekommen und Pip und ich mussten ihn suchen. Wir haben ihn dann unter einem Baum gefunden. Er war ganz blass und wollte uns ewig lang nicht sagen, was passiert war. Ich glaube, er hatte geweint. Ich und Pip haben versucht ihn aufzumuntern, aber wenn man unschuldig als Dieb bezeichnet wird, kann man natürlich nicht glücklich sein. Ich habe eine solche Wut! Ich wollte heute Abend zu ihm gehen, aber ich muss zu Hause bleiben und auf Harry aufpassen. Mam und Dad sind ins Kino gegangen. Hier passieren seit neuestem seltsame Sachen. Seit Mam bei dieser Therapeutin war, ist sie wie umgedreht und sie und Dad turteln herum, dass einem ganz übel werden kann. Ob das länger dauert? Wer weiß? Wen kümmert's? Und was soll ich jetzt machen? Harry hockt vor dem Computer. Ich hab eine Weile mit ihm gespielt, aber ich bin total neben der Spur. Im Fernsehen kommt absolut nichts und ausnahmsweise habe ich alle meine Hausaufgaben gemacht. Ich hab aus dem Fenster geschaut und dem Verkehr in der Ferne zugehört und den leisen Geräuschen der Vorstadt, wo nie etwas Aufregendes passiert. Ich hab Langeweile und bin unzufrieden und gereizt. Schule, Abendessen, Fernsehen, schlafen. Schule, Abendessen, Fernsehen, schlafen. Das soll alles sein? Ich will mehr.

MALVINA / DONNERSTAGABEND / IM BAD

Irgendwas stimmt nicht mit Asher. Ich weiß, wie sehr es ihn beschäftigt, dass Nigel was mit dieser bescheuerten Fiona hat, aber die Postkarte kam am Dienstag und am Mittwoch schien er wieder ganz okay zu sein. Aber heute benimmt er sich wirklich total merkwürdig. Den ganzen Abend hat er kaum ein Wort gesagt. Und dass er sein Abendbrot nicht aufisst, ist auch nicht normal. Er liebt gebratenen Reis. Jetzt hat er sich in seinem Zimmer eingeigelt und spielt immer wieder dieses traurige Bluesstück. Roger hat etwas von einem fiesen Virus gesagt, der gerade umgeht, vielleicht hat er sich den eingefangen. Es macht mich total fertig, wenn er so launisch ist. Genau wie sein Vater. Dieser Armleuchter von Nigel. Ich meine natürlich Fiona Barrington! Sie ist so überdreht und gänschenhaft und hirnlos und dann diese neonfarbenen Surf-Girl-Klamotten! Wie konnte er nur? Aber offensichtlich konnte er und tut es immer noch. Anscheinend hat er in puncto Romantik mehr Erfolg als ich. Ein falscher Alarm mit einem Schwulen und ein betrunkener Ire, der mich auf dem Bahnhof »sexy« genannt hat. Wie lernt man in einer fremden Stadt Männer kennen? Als Nigel und ich noch zusammen waren, hab ich mich nach mehr Freiheit gesehnt und wie sieht mein Leben jetzt aus? Ein heißes Bad, ein kuscheliger Bademantel und ein gutes Buch ..., na ja, es könnte schlimmer sein. Aber, mein Gott, das Spatzenhirn Fiona Barrington! Wie konnte er bloß?

ASHER

ich hasse diese stadt ich hasse sie dieses bescheuerte apartment und den grässlichen gestank von der fabrik wieso mussten wir hierher kommen warum konnten meine bescheuerten eltern sich nicht wieder zusammenraufen jetzt hat dad schon wieder eine neue der teufel soll mich holen wenn ich die als stiefmutter haben will blöde hirnlose ziege und mam sitzt nur rum und trinkt wein und vergeht vor selbstmitleid sie versucht die fröhliche zu spielen aber mich kann sie nicht täuschen sie ist so unglücklich wie ich warum zum teufel mussten wir hierher kommen ich hasse die verdammte schule wie kann diese aufgeblasene zimtziege behaupten ich hätte gestohlen ich hab ihr nichts getan dieser alte drachen sagt ich sei rumgelungert bloß weil ich als letzter aus dem zimmer gegangen bin aber irgendjemand muss schließlich der letzte sein und das heißt noch lange nicht dass man stiehlt ich bin jedenfalls kein dieb aber was bringt es schon wenn man anständig ist mit mam kann ich darüber nicht reden das würde sie vollends fertig machen und es ist alles schon schlimm genug ich hasse diese verdammte stadt ich hasse diese verdammte schule ich will nur eins bloß weg hier

MITTAGSPAUSE AM FREITAG / AUF DEM SCHULHOF

»Hi, Asher.«

»Hi, Rosie. Wo ist Pip?«

»Sie ist heute nicht in der Schule. Sie hat die gefürchtete Beulenpest. Nein, sie hat Bauchschmerzen. Was hattest du heute Morgen?«

»Biologie, war langweilig, und dann eine Doppelstunde Kunst. Wir haben Muscheln und so gezeichnet. Und du?«

»Geschichte und Mathe. Dann haben wir in Sport Basketball gespielt. Ich bin fix und alle. Was gibt's bei dir zu essen, Ash?«

»Den Rest gebratenen Reis von gestern. Schmeckt besser, als es aussieht. Magst du was davon haben?«

»Nö, ich bleib lieber bei meinem Joghurt, danke. Ich hab auch noch irgendwo eine Orange.«

»Was hast du gestern Abend gemacht?«

»Nicht viel. Meine alten Herrschaften waren weg. Ich sollte bei meinem kleinen Bruder den Babysitter spielen, aber auf den muss man nicht mehr aufpassen. Er hängt nur vor dem Computer rum. Es war ein ziemlich langweiliger Abend. Hm, also ... ich wollte dich anrufen, aber ich hab eure Nummer nicht.«

»Gib mir was, wo ich sie draufschreiben kann.«

»Schreib sie auf mein Ringbuch.«

»Okay. Und deine?«

»Warte, ich schreib sie dir auf den Arm.«

»Da ist nur ... «

»Was?«

»Ach, spielt keine Rolle.«

»Asher, was?«

»Nichts.«

»Was?«

»Du darfst es niemand sagen, nicht mal Pip.«

»Versprochen. Was ist?«

»Kann sein, dass ich nicht da bin, wenn du anrufst. Ich hab vor wieder abzuhauen.«

»Oh, Asher. Warum?«
»Ich hab die Schnauze voll von dem allem hier. Und weißt du was, heute Morgen in Mathe hat mir einer zugeflüstert: ›Und was hast du mit dem Geld gemacht, du Flasche?‹«
»Wer?«
»Ich weiß nicht. Irgend so ein blonder Heini, glaub ich. Einer, der hinter mir gesessen hat. Ich hab nicht gesehen, wer es war. Aber gehört.«
»Asher, das ist eine Schweinerei. Wir müssen es melden.«
»Wem denn? McKenna? Und was soll dabei rauskommen? Er glaubt doch auch, dass ich's war. Ein Gerücht kann der auch nicht aufhalten. Außerdem, was soll's? Ich will nur weg hier.«
»Hast du gestern noch mit deiner Mutter darüber gesprochen?«
»Nein, geht nicht.«
»Vielleicht wär's ja besser.«
»Und was soll das bringen? Sie regt sich doch bloß auf.«
»Ich weiß nicht. Willst du wirklich wieder abhauen?«
»Ja, wahrscheinlich, aber nicht nach Byron. Mein Vater hat keine Zeit für mich. Vielleicht ein Stück die Küste rauf, nach Broome oder so. Ich will hier nur eine Weile weg. Wohin, ist mir eigentlich egal.«
»Asher.«
»Was?«
»Ich will mitkommen.«

MANCHE IDEEN

entstehen nicht durch Logik oder gesunden Menschenverstand. Sie sind aus Wolken und Spinnweben gemacht, entspringen aus dem Nichts und leben vom Nervenkitzel, sind überzuckert mit Abenteuerperlen und dem süßen Geschmack des Verbotenen. Die Seele entfernt sich aus dem Reich des Gewöhnlichen und macht einen vorsichtigen Schritt hin zum Land des Unbekannten. Wir wissen, dass wir es nicht sollten, und genau deshalb tun wir es.

BRIEF VON NIGEL, DER NIE BEI ASHER ANKAM

Lieber Asher,

ich habe seit unserem Telefonat oft an dich gedacht und hoffe, dass du dich inzwischen etwas wohler fühlst. Ich kann mir vorstellen, dass es verdammt schwer ist in eine neue Stadt und an eine neue Schule zu kommen und nach dem verträumten alten Byron in einer Großstadt zu leben. Ich wünschte, es gäbe eine andere Möglichkeit. In den nächsten Monaten habe ich wahnsinnig viel zu tun. Am Dienstag fliege ich nach Darwin um mir ein Grundstück anzuschauen. Der Besitzer ist steinreich und will, dass ich ihm so was wie ein nobles Wohnhaus mit Kunstgalerie im japanischen Stil entwerfe und auch die Gärten neu anlege, also »ein Gesamtkonzept« erstelle, wie er immer sagt. Es ist ein großer Auftrag und ich könnte das Geld gut gebrauchen. Danach stehe ich wahrscheinlich sechs Wochen lang Tag und Nacht am Zeichenbrett um das alles aufs Papier zu bringen, und dazwischen werde ich wohl noch mal nach Darwin fliegen müssen um Rücksprache zu halten. Wenn das vorbei ist, steige ich in den nächsten Flieger und besuche dich.

Du fehlst mir sehr. Das Leben ist reichlich merkwürdig ohne euch. Der einzige Versuch, mich mit einer Frau zu treffen, ist total in die Hose gegangen. Irgendwann erzähl ich es dir mal. Fürs Erste bleibt es bei einem gelegentlichen Sprung in die Wellen und entschieden zu viel Pizza.

Alles Liebe, Dad

FREITAGNACHMITTAG / 15:30 UHR / ANRUF NR. 1

»Ash, ich bin's, Mam. Was machst du gerade?«

»Ich bin eben erst zur Tür reingekommen.«

»Oh, stimmt ja. Hör zu, ein paar Leute aus dem Laden wollen nach Feierabend noch etwas trinken und eine Kleinigkeit essen gehen und ich hätte Lust mitzugehen. Ist das okay für dich?«

»Klar, kein Problem.«

»Prima. Also, im Kühlschrank sind Eier, jede Menge Salatzutaten, Käse und Toast und sonst noch einiges. Bist du sicher, dass es dir nichts ausmacht, Ash?«
»Es macht mir nichts aus.«
»Super. Ich brauch nämlich dringend ein bisschen Abwechslung. Diese Woche war wirklich beschissen.«
»Klar, Mam. Bis später dann, okay?«
»Ich weiß aber noch nicht, wann ich heimkomme. Vielleicht gehen wir noch ins Kino.«
»Macht nur, ich bin okay. Tschüss, Mam.«
»Ciao, mein Junge.«

FREITAGNACHMITTAG / 15:35 UHR / ANRUF NR. 2

»Hallo.«
»Rosie? Ich bin's. Asher.«
»Hi.«
»Meine Mutter hat gerade angerufen. Sie geht heute Abend nach der Arbeit noch weg. Wenn du rüberkommst, können wir losziehen. Willst du immer noch mit?«
»Ja.«
»Bist du sicher?«
»Ja.«
»Bist du ganz sicher?«
»Ja.«
»Bist du ganz, ganz sicher?«
»Asher, ich hab's dir doch gesagt. Ich bin sicher. Ich will mitkommen.«
»Dann bring die Sachen mit. Falls du sicher bist.«
»Ich komme, sobald ich kann. Asher? Du willst mich doch dabei haben, oder?«
»Rosie, ich hab's dir doch schon gesagt. Es geht nicht darum, dass ich dich nicht dabeihaben will. Es geht darum, dass ich glaube, dass du nicht weißt, worauf du dich da einlässt.«
»Aber du willst mich dabeihaben?«

»Ja, will ich.«
»Dann beeile ich mich. Tschüss.«

ALS NÄCHSTES
geht Rosie in die Küche. Lily ist abgelenkt. Sie kann ihr Scheckheft nicht finden und hat den schrecklichen Verdacht, dass sie es in dem Kramladen vergessen hat, wo sie vor ein paar Stunden dieses wunderschöne Tablett mit der Meerjungfrau drauf erstanden hat. Rosie fragt, ob sie bei Pip übernachten darf, und Lily denkt – mit der Gehirnhälfte, die im Hier und Jetzt arbeitet –, dass es eigentlich ganz praktisch wäre, wenn Rosie bei Pip übernachtet, da Harry bei einem Freund übernachtet, und wenn sie sich beeilt, kann sie ihn auf dem Weg zu dem Kramladen dort absetzen und anschließend könnte sie mit Robert essen gehen. So hatten ihre Freitagabende ausgesehen, bevor sie die Kinder hatten. Sie saßen auf dem Balkon des »Brass Monkey«, tranken ein Glas Sekt und überlegten genüsslich, in welchem Restaurant sie essen wollten. Wenn sie Robert gleich anruft, könnte es noch klappen und sie könnten das neue Thai-Restaurant ausprobieren, von dem alle so schwärmen. Also sagt sie, dass Rosie gehen darf, wenn sie mit dem Rad rüberfährt, und fragt noch, wann sie zurück sein wird. Rosie sagt, dass sie und Pip am Morgen vielleicht noch auf den Markt gehen wollen, dass sie aber am Nachmittag zurück sein wird, so gegen vier, und Lily ist es recht und sie ruft Robert an und schnappt sich den Autoschlüssel und ihre Handtasche und ihren Sohn und umarmt Rosie kurz und stürmt zur Tür hinaus.

SIE PACKT
Unterwäsche & Socken & Tagebuch & Kugelschreiber
Satinrock & Samtoberteil
Regenbogenkleid & blaues Baumwollkleid
Shampoo Seife Zahnbürste Haarbürste Handtuch
Badeanzug & Wickelrock
ausgefranste Batik-Shorts

altes Spitzentop
Schlafsack
3 Paar Glitzer-Ohrringe
Scheckkarte
Dann zieht sie ihre schwarze Jeans und ihr weißes T-Shirt und ihre schwarze Jacke und ihre Docs an und bevor sie doch noch einen Rückzieher machen kann, knuddelt sie Beethoven fast zu Tode und springt auf ihr Fahrrad und radelt wie eine Wilde zu Asher. Unterwegs hält sie noch bei einer Drogerie und kauft ein Päckchen Haarfärbemittel ›Saharablond‹.

Aus »LEBEN MIT TEENAGERN«

Experimente gehören zu den wichtigsten Dingen in der Entwicklung eines normalen Teenagers. So kann es sein, dass sie scheinbar gedankenlos ihre Gesundheit und Sicherheit oder sogar die elterliche Zuneigung und Liebe aufs Spiel setzen. Bei dieser Annäherung der Jugendlichen an ihre Zukunft spielen auch Fantasie und Vorstellungskraft eine wichtige Rolle. So kann es auch zu Tagträumereien, unrealistischen Zielen und zur Erprobung unterschiedlicher Wirklichkeiten kommen.

ER PACKT

Unterhosen & Socken & Zahnbürste
graue Hose
Marilyn-Monroe-T-Shirt
schwarzen Pullover
Indienhemd mit Paisley-Muster
grüne Cord-Shorts
schwarze Wollmütze
Schlafsack
Zelt
zwei Plastikschüsseln und zwei Blechteller

ein zerbeultes Kochgeschirr ohne Deckel
zwei Messer, zwei Gabeln, zwei Löffel
ein Tütchen mit Nüssen und Rosinen
Schweizer Messer

18:45 UHR / ANRUF BEI PIP
Inhalt nicht bekannt

19:00 UHR / BUSBAHNHOF / PERTH
Zwei Teenager mit sehr kurzem blondem Haar steigen in einen Bus nach Geraldton.

MERKWÜRDIGE SCHILDER AM STRASSENRAND
Haustier-Berg. Alles was Ihr Liebling braucht.
Janine. Endlich 40. Heirate mich, Baby.
Vorsicht. Schildkröten kreuzen.
Tomatenverkauf. Falls Sie welche nehmen ohne zu bezahlen, dann sollen Sie dran ersticken.
Fisch Pommes Hamburger Krebsscheren Offen

ROSIE IM BUS
Das ist verrückt, aber es ist mir egal. Mam und Dad werden erst morgen Nachmittag merken, dass ich weg bin. Daran will ich jetzt gar nicht erst denken. Meine Haare fühlen sich super an, ganz leicht und flauschig. Ich kann mein Spiegelbild im Fenster sehen und ich gefalle mir. Ich sehe auch älter aus, siebzehn oder so. Ich würde mir am liebsten die ganze Zeit mit den Händen durchs Haar fahren und spüren, wie es ist, so kurz und stoppelig. Allerdings riecht es ein bisschen komisch. Mannomann, das ist Wahnsinn. Hoffentlich tut mir Pip den Gefallen und schickt die alten Herrschaften in die falsche Richtung. Also, ich gebe zu, ich war ganz froh, dass ich den Nasenring rausnehmen konnte. Es war immer ein ziemlich blödes Gefühl, wenn ich mir die Nase geputzt habe. So erkennt uns keiner. Asher riecht auch komisch,

der chemische Mief von dem Haarfärbemittel und ein schöner, muffiger Schweißgeruch. Herrje, bin ich müde. Wo wir heute Nacht wohl schlafen? Ich will ganz nah bei ihm sein. Vielleicht könnte ich mich ja ein bisschen an ihn lehnen.

ASHER IM BUS

was tust du da eigentlich mann allein abzuhauen ist eine sache aber jetzt wo sie dabei ist ist es anders ernster tatsache ist wir haben's getan und wenn ich ehrlich bin will ich nicht zurück nur der augenblick zählt das morgen kommt von ganz allein es fühlt sich gut an ein richtiges abenteuer das mit dem haarefärben war eine geile idee von ihr erstaunlich dass sie es durchgezogen hat ihr leben war bisher so normal wie dusselig wir uns mit der schere angestellt haben das päckchen mit dem färbezeug und die plastiktüte mit den haaren in eine mülltonne unten an der straße zu stecken war ein brillanter schachzug um meine rastalocken tut es mir nicht leid sie haben langsam angefangen zu jucken wie dieses geraldton wohl ist und was wir wohl machen wenn wir aus dem bus aussteigen was sie wohl denkt vielleicht schläft sie ... oh ... ist sie ... ja sie ist ... ja ... sie kuschelt sich an mich ... vielleicht könnte ich ja den arm um sie legen ganz ganz vorsichtig

MALVINA / MITTERNACHT

Sie kramt in ihrer Handtasche nach den scharfen Kanten ihres neuen Schlüsselanhängers. Malvina liebt ihren neuen Schlüsselanhänger. Es ist eine große, rote Hibiskusblüte aus Plastik, für die sie in einem Haushaltswarengeschäft 1,99 Dollar bezahlt hat. Ein echtes Schnäppchen. Heute hat sie eine riesige Bestellung Kunstbücher verschickt und gleich noch die Rechnung geschrieben, außerdem die gesamte Abteilung ›Ratgeber Gesundheit / Psychologie‹ neu sortiert, und jetzt ist sie hundemüde. Aber es ist eine gute Müdigkeit. Sie ist angenehm satt von einem Teller Pasta mit Meeresfrüchten und Griechischem Salat, die sie mit einem fruchtigen, trockenen Weißen runtergespült hat. Danach gab's noch Zitronentorte mit einer doppelten Portion Sahne. Schade, dass sie es nicht mehr ins Kino geschafft haben, aber bei Roger Kaffee zu trinken war auch gut – langsamer Jazz und leichte Unterhaltung. Gott sei Dank gibt es Freitagabende. Zwei ganze Tage ohne Arbeit und morgen wird erst mal richtig ausgeschlafen. Malvina öffnet die Tür. In der Wohnung ist alles still, die Morgenzeitung liegt noch ausgebreitet auf dem Tisch, Ashers Schultasche neben der Couch und ihr großer Chrysanthemenstrauß heißt sie mit leuchtend pinkfarbenen Blüten und ausgefransten Blütenblättern willkommen. »Ach ja, wie Blumen doch die Laune heben können«, denkt sie schläfrig. Manchmal geht Malvina noch rein und gibt ihrem schlafenden Sohn einen Kuss oder zieht die Decke zurecht, aber an diesem Abend ist seine Tür zu und sie ist todmüde. »Dem Himmel sei Dank für die Freitagabende«, denkt sie noch einmal und legt sich ins Bett.

GERALDTON / MITTERNACHT / DAS GÄSTEHAUS »MEERESBRISE«

Mrs. Croft trägt flauschige, pinkfarbene Hausschuhe und einen ziemlich schmuddeligen pfirsichrosa Trainingsanzug. Ihre nikotingelben Finger sind zwar knotig, aber die Fingernägel sind mit einem wunderschönen Veilchenrot angemalt und bringen so ihre Sammlung von Markasit-Ringen gut zur Geltung. Ihre letzte Dauerwelle ist auch nicht gerade optimal geworden und so legt sich ihr fleckig-weißes Haar wie sorgenvolle kleine Würstchen um den Kopf.

Es war eine schlechte Woche für Ethel Croft gewesen. Der alte Fernseher hatte endgültig den Geist aufgegeben und sie hatte kaum Übernachtungsgäste gehabt. Zu allem Unglück war Doug, einer ihrer Dauergäste, zu seiner Tochter nach Balga gezogen, ohne die übliche zweiwöchige Kündigungsfrist einzuhalten. Wie zum Teufel soll eine alte Frau denn da auf einen grünen Zweig kommen?

Es ist Mitternacht und Ethel ist noch wach. Sie sitzt an ihrem Küchentisch, trinkt Portwein mit Limonade und legt mit ihren alten Spielkarten Patiencen. Als die Nachtglocke klingelt und sie an die Tür geht und die beiden müde aussehenden jungen Füchse sich nach dem Preis für ein Zimmer erkundigen, stellt Ethel keine Fragen. Sie nimmt ihre 25 Dollar, zeigt ihnen das Zimmer und die Toiletten und schlurft ins Bett.

DAS ZIMMER

Ein altertümlicher Kleiderschrank aus Holz mit zwei verbogenen Kleiderbügeln.
Eine Frisierkommode mit einem Spitzendeckchen aus Plastik, das dank einer strategisch günstigen Platzierung einen großen Brandfleck verdeckt.
Ein hölzernes Nachtschränkchen mit einer Bibel in einer Schublade und einer toten Fliege in der anderen.
Ein Bells-Scotch-Whisky-Aschenbecher.
Eine pinkfarbene Nachttischlampe mit einem Sprung.
Ein Doppelbett mit einem pinkfarbenen Bettüberwurf aus Chenille.
Der muffige Geruch nach altem Teppichboden und fremden Menschen.

DIE ERSTE NACHT

Rosie kommt aus der Dusche. In T-Shirt und Wickelrock läuft sie den nur von einer Glühbirne beleuchteten Flur entlang. Sie ist so müde, dass sie stolpert. Sie ist unsicher. Sie hat Angst. Aber sie ist immer noch froh hier zu sein. Asher ist schon im Bett, er liegt auf dem Rücken, die braunen Arme hinter dem Kopf, das Haar noch nass vom Duschen. Er zwinkert ihr zu. Sie lächelt und die Nacht wird hell. Rosie knipst das Licht aus, wickelt sich aus ihrem Rock und steigt ins Bett. Langsam, zärtlich, wie ein altes Ehepaar, kuscheln sie sich aneinander, Rücken an Bauch, und schlafen ein, begleitet vom Lärm einiger betrunkener Streithähne draußen auf der Straße, rundum glücklich.

TRÄUME

Sie träumt, sie ist in einem Supermarkt, einer riesigen, supermodernen Glitzerwelt, wo es nach frischem Brot und gerösteten Nüssen duftet. Sie sieht Lichtkugeln an der Decke, herrliche Türme aus glänzenden Dosen, Unmengen von Packungen mit unvorstellbaren Köstlichkeiten, Minarette aus polierten, rubinroten Pflaumen und süßen Orangen. Sie wundert sich kein bisschen, dass Lily am Delikatessenstand bedient. Ihre Mutter ist ganz in Eisblau gekleidet, trägt eine kesse Schleife im Haar und flüstert ihr zu: »Schokolade ist nicht gut für dich.«

Er träumt, dass er durch den Nachthimmel radelt, wild und langbeinig und ausgelassen. Glücklich radelt er über die Reihenhäuser hinweg, hoch über den Giebeln der blauen Ziegeldächer, über dem Leuchten sternweißer Geranien in einem Blumenkasten am Fenster und einer orangefarbenen Katze, die durch die samtene Dunkelheit schleicht. Sein Hemd flattert hinter ihm her. Er schreit vor Glück, wild wie ein Eingeborener. Und dann plötzlich denkt er: »Oh, verdammt«, und wird rot. »Wo hab ich bloß meine Hose gelassen?«

DER ERSTE MORGEN

Sie wachen spät auf und es ist so prickelnd angenehm, in den Armen des anderen zu liegen und so zu tun, als schlafe man noch, weil es einfach zu schön ist und der Zauber vielleicht beim ersten Wort gebrochen würde. Dann schaut Asher auf die Uhr und, oh Mann, schon halb zehn, also stehen sie auf und ziehen sich an und tappen barfuß über den muffigen Flur zum Bad, wo sie sich mit kaltem, braunem Wasser aus dem rostigen Hahn wachspritzen. Sie schauen in den leeren Aufenthaltsraum, der eine Familie altersschwacher Sessel beherbergt, eine Vase mit Plastikgladiolen, einen Stapel zerfledderter Zeitschriften und ein Bild mit einem grellen Sonnenuntergang. Daneben liegt ein winziges, muffiges Kabuff mit einem Wasserkocher und allem Nötigen. Wie schön, dass beide Milch und zwei Stück Zucker in den

Kaffee nehmen. Wie angenehm ihn gemeinsam zu trinken, auf wackligen Rohrstühlen auf der Veranda zu sitzen und die Rückseite eines Chinarestaurants anzuschauen. Asher sagt: »Mann, hab ich einen Hunger!«, und Rosie sagt: »Ich auch!« Also packen sie ihre Sachen, lassen den Schlüssel in der Zimmertür stecken und ziehen los um sich Frühstück zu besorgen.

FRÜHSTÜCK
Vier frische Buttercroissants in einer weißen Papiertüte aus der Bäckerei in der Hauptstraße, zwei knackige Äpfel und einen Orangensaft, den sie teilen, alles am Strand gegessen, umgeben von sechzehn Möwen. Wie kommt es, dass immer eine Möwe mit nur einem Bein dabei ist?

ROSIES KONTOAUSZUG
189,42 Dollar

ASHERS KONTOAUSZUG
51,93 Dollar

MALVINA / 10 UHR / SAMSTAGMORGEN
Sie räkelt sich faul, schaut aus dem Fenster und sieht einen weiten Himmel und sanftes Sonnenlicht. Wieder ein Tag im Paradies. Der Sommer war so heiß gewesen, dass man auf dem Pflaster ein Steak hätte braten können. Aber jetzt, wo der Herbst vorsichtig um die Ecke lugte, war jeder schöne, klare Tag die reine Freude. In Neuseeland war es jetzt bestimmt schon kalt und regnerisch. »Soll ich aufstehen?«, überlegt Malvina träge. »Ich könnte mir aber auch eine Kanne Earl Grey und ein paar Scheiben Rosinentoast machen und wieder ins Bett schlüpfen und mein Buch weiterlesen. Ash ist anscheinend auch noch nicht munter, warum also nicht? Zum Markt gehen kann ich auch noch heute Nachmittag und die Hausarbeit kann meinetwegen warten bis in alle Ewigkeit.«

BEI PIP / 11 UHR / SAMSTAGMORGEN

»Kann ich heute in die Stadt, Mam?«
»Wie kommst du denn auf die Idee?«
»Ich und Sara und Lucy wollen ins Kino und Lucy will sich noch ein Paar Schuhe kaufen.«
»Und was ist mit deinen Hausaufgaben?«
»Ich hab kaum welche. Bloß in Bio. Das mach ich morgen, keine Sorge.«
»Okay. Aber zuerst sortierst du noch deine Wäsche.«
»Schon gemacht.«
»Und wann gedenkst du wieder da zu sein?«
»Halb sechs?«
»Das ist okay. Dein Vater arbeitet heute den ganzen Tag und selbst wenn ich zu Maggie rübergehe, bin ich bis dahin wieder da. Zum Abendessen können wir uns dann eine Pizza bestellen.«
»Hm, lecker. Kann ich mein Taschengeld haben?«
»Dann bring mir mal meine Handtasche. Sie ist im Schlafzimmer. Warum geht eigentlich Rosie nicht mit?«
»Äh ... sie macht heute was mit ihren Eltern.«
»Hier, du hast Glück, ich hab es passend. Gib aber nicht alles auf einmal aus.«
»Danke, Mam. Bis später.«

ABHEBEN IN GERALDTON / SAMSTAG / 13 UHR

Die Taschen sind schwer, also opfern sie einen Dollar für ein Schließfach am Busbahnhof und gehen dann auf Entdeckungsreise. Nach vier Secondhandläden trägt Asher weite, olivfarbene Cordhosen, ein weißes Hemd mit Perlmuttknöpfen und ein Paar schicke, grün karierte Socken. Rosie hat ihre beiden Errungenschaften in einer Plastiktüte: einen blauen Seidenschal mit Rosenmuster und einen weich fallenden, lavendelfarbenen Batik-Wickelrock, der nur ein winziges Loch hat. Es hat Spaß gemacht, weite Pelzmäntel und witzige Hüte anzuprobieren und viel zu lachen.

Jetzt albern sie im Park am Strand herum, spritzen mit Brunnenwasser und schaukeln. Rosie hat schon wieder Hunger, traut sich aber nicht es zu sagen, und Asher hat auch Hunger, macht sich aber Sorgen wegen des Geldes und sagt deshalb ebenfalls nichts. Aber schließlich können sie dem Duft aus der Imbissbude nicht mehr widerstehen, holen sich für zwei Dollar Pommes, essen das meiste davon und verfüttern die letzten kalten, fettigen Krümel an die Möwen. Wie kommt's, dass die einbeinige Möwe immer die frechste ist?

MALVINA / SAMSTAG / 13 UHR

Ganz versunken in die Geschichte von Quoyle im wilden, stürmischen Neufundland liest Malvina weiter und weiter, bis ihr Körper sagt, dass es Zeit zum Aufstehen sei, vor allem, da das Laken sich schon kratzig und toastkrümelig anfühlt. Das kann allerdings auch Einbildung sein, hervorgerufen allein durch die Vorstellung, so wie es einen unvermeidlich juckt, wenn man an Flöhe denkt. Wie auch immer, Malvina beschließt, dass es wirklich und wahrhaftig Zeit ist aufzustehen und sich in den Samstag zu stürzen. Sie steht auf und duscht erst mal heiß und lange. Sie wählt ihr fröhliches Outfit – weite cremefarbene Hanfweste und Hose und leuchtend gelbe Sonnenblumenohrringe –, setzt sich in die Sonne und lässt ihre Haare trocknen. »Merkwürdig«, denkt sie, »auf der hinteren Terrasse steht ein Damenfahrrad, ein rotes, neben Ashers schwarzem. Und überhaupt: Wo ist Asher? Komisch, dass er noch nicht aufgetaucht ist. Vielleicht ist er ja schon aufgestanden und irgendwo hingegangen.« Ein vages, ungutes Gefühl schleicht sich in ihr Unterbewusstsein, also steht sie auf und schaut in sein Zimmer, aber er ist nicht da. Nur ein Vorhang, der sich im Wind bläht, die zerknüllte, schwarze Steppdecke, die Gitarre. Er muss schon vor ewigen Zeiten aufgestanden sein ... »Ah, ich weiß! Ich wette, dass dieses Mädchen, Rosie, mit dem Fahrrad rübergekommen ist, als ich noch geschlafen habe, und dass sie zum Markt oder sonst wohin ge-

gangen sind. Nur komisch, dass er mir nicht irgendwo einen Zettel hingelegt hat, aber das macht er nicht immer. Wahrscheinlich kommen sie bald zurück.«
Malvina schlendert in die Küche und beißt in eine saftige Pflaume. »Wo soll ich bei diesem Chaos hier anfangen?«, fragt sie sich. »Staubsaugen? Eine Ladung Wäsche in die Maschine stecken? Kann alles warten«, beschließt sie. »Ich trink lieber bei Gino einen Kaffee. Danach schlendere ich zum Markt und besorge das Gemüse. Pilze«, denkt sie, »eine große, glänzende Aubergine, ein oder zwei schlanke Zucchini. Zum Abendessen gibt's Ratatouille mit Reis und einer leckeren Schicht aus geriebenem Käse. Bis ich zurück bin, sind sicher auch Asher und Rosie da. Vielleicht möchte Rosie ja zum Abendessen bleiben, vielleicht könnten wir uns zu dritt ein lustiges Video anschauen … Monty Python, Cheech und Chong, irgendwas Verrücktes.«
Sie fühlt sich leer und gleichzeitig voller Hoffnung, sehnt sich zurück nach der Zeit – gar nicht so lange her –, als sie und Nigel und Asher so ihre Samstagabende verbrachten, gemütlich, faul, eine Familie. »Ich muss endlich anfangen die Löcher zu stopfen, mich an Veränderungen gewöhnen, das Hier und Jetzt genießen.« Aber irgendwie hat sie immer noch ein ungutes Gefühl. Keine Milchschale in der Spüle, kein verschüttetes Müsli auf der Bank, keine der üblichen Spuren von Ashers Frühstück. Sie lacht. Vielleicht isst er ein Egg McMuffin. Das ist ein Witz, über den nur die Fieldings lachen können. Immer wenn kein Frühstücksmüsli mehr da ist, sagt einer von ihnen: »Halb so schlimm, wir können immer noch ein Egg McMuffin essen.« Malvina hat nie ein Egg McMuffin gesehen oder gegessen, aber es hört sich so herrlich blöd an und mit jedem Mal, wo sie es sagen, klingt es noch blöder. Irgendwie stellt sie sich darunter eine pausbackige Comicfigur mit Baskenmütze und kariertem Schal vor, eine lächerliche Gestalt, einen Hanswurst. »Nennen Sie mich einfach Egg. Egg McMuffin.« Langsam kehrt sie mit ihren Gedanken wieder ins Hier und Jetzt zurück, nach Fremantle, in die Küche,

zum Samstagmorgen und zu ihrem Sohn. Vielleicht hat er sich nur einen Apfel geschnappt und ist mit dem Mädchen weggegangen. Sie wird ihm einen Zettel auf den Tisch legen, ja, einen Zettel, das wird sie tun und sich dann auf den Weg machen und ihren Kaffee trinken. Einen Cappuccino, heiß und schaumig, und in der Sonne sitzen und Zeitung lesen und versuchen nicht an Nigel zu denken.

SIE SCHREIBT EINEN ZETTEL

Asher, keine Ahnung, wo du bist, aber ich bin in der Stadt, einkaufen und so. Bis später. Rosie kann zum Abendessen bleiben, wenn sie mag.
Alles Liebe, Mam x

SAMSTAG / NACH DEM MITTAGESSEN / BEI DEN MOONS

»Harry, isst du den Apfel auf oder nicht?«
»Da ist nichts mehr dran.«
»Dann gib ihn rüber, Junge, da ist noch jede Menge dran. So, und was hast du heute Nachmittag vor, Lily?«
»So richtig geplant habe ich eigentlich gar nichts. Ich hab mir nur mal überlegt, ob wir uns mit Harry vielleicht ›Ein Schweinchen namens Babe‹ anschauen könnten. Der Film läuft um drei im Preston in Como.«
»Oh, bitte, Dad, das wäre super! Können wir?«
»Na klar, warum nicht? Wann kommt Rosie von Pip zurück?«
»Gegen vier, hat sie gesagt. Wir können ihr ja einen Zettel schreiben. Einen Schlüssel hat sie. Gegen halb sechs wären wir ohnehin wieder zurück.«
»Und was gibt's zum Abendessen?«
»Ich dachte, wir lassen etwas vom Chinesen kommen oder so.«
»Wunderbar. Machen wir. Ich würde unterwegs gern noch bei dieser günstigen Gärtnerei vorbeischauen und Petuniensetzlinge kaufen.«

»Okay, dann gehen wir. Wenn wir zeitig genug dran sind, können wir sogar noch einen Strandspaziergang machen. Harry, putz dir die Zähne und zieh die Schuhe an. Ich pack die Sachen hier noch in den Geschirrspüler, dann kann's losgehen.«

WO ROSIE UND ASHER ÜBERNACHTEN KÖNNTEN

Noch eine Nacht im Gästehaus ›Meeresbrise‹
Zeltplatz
Ein Stück weit aus der Stadt hinaus trampen und im Busch campen
Die Laube im Park
Das Hotel für Rucksacktouristen

ÜBERLEGUNGEN

Geld
Atmosphäre
Möglichst keine Aufmerksamkeit erregen
Nervenkitzel
Der Reiz des Neuen

GEMEINSAME ENTSCHEIDUNG

Camping im Busch

GERALDTON / 15 UHR

Sie gingen also zu den Schließfächern und holten ihre Sachen. Sie fanden eine große Colaflasche, spülten sie aus und füllten sie mit Wasser und dann kauften sie eine Packung Weetabix, eine Packung Muffins, ein Päckchen Tomatensuppe, eine Tüte Milch, vier Orangen, ein kleines Glas Erdnussbutter und sechs Schokoladenfrösche, und um dreizehn Dollar leichter machten sie sich auf die Socken, ganz wörtlich gemeint. Sie mussten nämlich siebenundzwanzig heiße, langweilige Minuten lang marschieren, bevor sie den Stadtrand erreichten. Daumen raus, ohne Ergebnis. Die Autos rollten einfach vorbei, staubige Rappelkisten und weiße Vans und ein blauer Mercedes, aber keiner hielt an. Also setzten sie sich wieder in Bewegung, schweigend, geplagt von nervtötenden Fliegen und schweren Schuhen, unhandlichen Taschen und heißen Füßen, und hingen ihren eigenen Gedanken nach.

ROSIE

Schon komisch. Vierundzwanzig Stunden, und sie wissen noch nicht mal, dass ich weg bin. Mam wird ausflippen. Dad vermutlich auch. Vielleicht hätte ich ihnen doch einen Zettel schreiben sollen. Zu spät, sie werden schon von allein draufkommen. Vielleicht rufe ich sie an, wenn wir das nächste Mal in einer Stadt sind, nur damit sie wissen, dass es mir gut geht. Ich muss ja nicht sagen, wo ich bin. Hoffentlich hält Pip dicht. Mann, stinkt mir die Lauferei. Ob uns jemals einer mitnimmt? Hoffentlich bin ich ihm nicht ein Klotz am Bein, weil ich keinen Schimmer vom Zelten hab. Ich hab's nie gemacht. Wir haben immer in Ferienhäusern oder Hotels Ferien gemacht. Aber das schaff ich schon ... nur: Was ist mit Klopapier? Ich hoffe, ich hab ein oder zwei Papiertaschentücher in meiner Tasche.

ASHER

in diesem gestrüpp können wir das zelt nicht aufstellen zu offen kein schutz hoffe nur dass uns einer ein gutes stück weit mitnimmt und wir in eine andere landschaft kommen dieses zelt ist verdammt schwer was sie wohl denkt sie ist ziemlich still vielleicht packt sie es nicht vielleicht zeltet sie nicht gern wie mam die übernachtet auch nicht mehr so gern im freien meine hippiezeit ist vorbei ash sagt sie immer ein schickes hotel und eine heiße dusche nehm ich jederzeit aber ich liebe den busch dad auch die stille und die bäume und der himmel wenn uns doch verdammt noch mal bloß endlich jemand mitnehmen würde

WAS SIE UNBEDINGT HÄTTEN MITNEHMEN SOLLEN

Eine Schachtel Streichhölzer

IM KINO

Es ist vier Uhr und Harry sitzt eingepfercht in einen grauen Plüschsessel in der Mitte der dritten Reihe von hinten. Er hält einen Becher Popcorn in der einen und einen kleinen Becher Zitronenlimonade in der anderen Hand. Neben ihm sitzen Lily auf der einen Seite und Robert auf der anderen, und er lacht sich kringelig über die Streiche eines niedlichen sprechenden Ferkels. Das muss der Himmel für kleine Jungen sein.

DIE KÖNIGE DER LANDSTRASSE ZIEHEN WEITER / 16:10 UHR

Ach, das Leben ist herrlich, solange man gesund ist. John Diamond ist ein großer Mann und er hat die ganze Woche lang auf seiner großen Schaffarm gleich außerhalb von Meekatharra Zäune gesetzt. So ein Mist, dass er bis runter nach Geraldton fahren musste, um ein Ersatzteil für den verdammten Traktor abzuholen. Wenigstens hat der pickelige Schnösel das Richtige bestellt, aber 118,95 Dollar dafür hinzublättern, das war schon hart gewesen. Na ja, er wird es verschmerzen und konnte wenigstens noch ein paar andere Sachen erledigen. Unter anderem hat er ein spezielles Strickgarn für seine Frau abgeholt. Verdammt peinlich, in den Handarbeitsladen reinzugehen. Was ein Mann nicht alles tut. Aber das Bier und das Essen im Pub haben gut getan. Ein Fischteller, einfach köstlich. Dass Pat Reilly sich die Radieschen jetzt auch schon von unten bekuckt. Man weiß nie, wann man selber an der Reihe ist, das steht fest.

Jetzt ist er jedenfalls auf dem Heimweg und wenn er ein bisschen auf die Tube drückt, ist er rechtzeitig zurück um ein kaltes Bier zu knacken und den Sport und den Wetterbericht zu sehen. Den Fuß bis zum Anschlag aufs Gas, den haarigen, braun gebrannten Arm aus dem Fenster gehängt und einen speckigen breitkrempigen Fellhut verwegen auf dem, was von seinem roten Haar noch übrig ist. John Diamond schiebt eine Kassette in den Kassettenrekorder. Er kann wählen zwischen ›Patsy Cline und Jim Reeves singen Evergreens‹ und der Filmmusik von ›Der große Frust‹, die einer von den Lehrlingen vor ewigen Zeiten mal vergessen hat und die er ab und zu hört um ein bisschen Abwechslung zu haben. Aber was könnte im Moment schöner sein als ein paar Takte gute alte Countrymusik, damit die Zeit schneller vergeht, deshalb also: »Hallo, Patsy, hallo, Jim, dann wollen wir mal. Ja, was haben wir denn da – zwei Anhalter. Wenigstens laufen sie und versuchen ein Stück voranzukommen, nicht wie diese Das-ist-die-Welt-mir-schuldig-Typen, die bloß lässig an einem Baum lehnen. Warum soll ich sie nicht mitnehmen? Aber weiß der Himmel, wo sie so spät noch hinwollen.«

MALVINA / 15:30 UHR

Der Nachmittag war so richtig schön gewesen. Ein gemütlicher Kaffee in der Sonne, dabei ein bisschen in die Zeitung geschaut und dem Leben zugeguckt, und dann eine Stunde lang über den Markt geschlendert. Es gibt zwei Arten von Menschen. Die einen kaufen gern ein, die anderen nicht. Malvina gehört zur ersten Sorte. Glitzernder Schmuck aus Indien, bestickte Schuhe in leuchtenden Farben, antiquarische Bücher, Mobiles aus Bali, kleine Pyramiden aus Datteln und Erdbeeren – über alles freut sie sich. Wie schön es ist, einfach nur zu schauen, vor sich hin zu träumen, vorsichtig zu berühren, zu riechen und in die Hand zu nehmen. Sie geht am Bootshafen und den alten Häusern vorbei nach Hause, verträumt, zufrieden. Schließt die Tür auf, sieht ihren Zettel, der immer noch an der Keksdose lehnt. »Der kleine Scheißer«, denkt sie, »dem werd ich die Hammelbeine lang ziehen, wenn er zurückkommt.« Sie hört sich in Gedanken schon eine Standpauke halten, eine vernünftig formulierte über Verantwortung und das Leben in der Großstadt. Das ungute Gefühl vom Morgen ist verflogen. Bei einem Blick aus dem Fenster sieht sie die beiden Fahrräder unverändert aneinander lehnen. »Es ist so ein herrlicher Tag, na ja, Asher und Rosie werden sich irgendwo amüsieren«, vermutet sie. »Vielleicht sind sie zum Strand gegangen.« Irgendetwas sagt ihr, dass Asher zum Abendessen wieder da sein wird, ganz ausgehungert und mit schlechtem Gewissen. Dann wird er mit diesem winzigen, schrägen Lächeln, das ihn ganz genau wie Nigel aussehen lässt, sagen, dass es ihm Leid tut und dass er ihr nächstes Mal einen Zettel schreibt. »Ich bin hundemüde«, denkt sie und lässt die Einkaufstüten auf die Bank plumpsen. »Ich leg mich jetzt kurz aufs Ohr, dann packe ich das ganze Zeug hier aus und fange mit dem Abendessen an.«

BEI DEN MOONS / 17:30 UHR

»Mam, darf ich fernsehen?«

»Aber du bist doch eben erst zur Tür reingekommen, Harry. Nein, du badest jetzt und ziehst deinen Schlafanzug an. Los, lauf. Vielleicht kannst du nach dem Essen noch was sehen.«

»Oh, okay ... «

»Ich dachte, Rosie wollte inzwischen zu Hause sein?«

»So war's abgemacht. Gegen vier, hat sie gesagt.«

»Sollten wir sie vielleicht abholen?«

»Nein, sie hat das Rad genommen. Kannst du in dieser Schublade bitte mal nach der Speisekarte des ›Goldenen Drachen‹ schauen? Ich setze Wasser auf und mach uns eine Tasse Tee. Dann rufe ich bei Pip an, wo Rosie bleibt. Vielleicht musst du sie mitsamt dem Rad doch abholen. Es wird schon dunkel.«

»Hier ist die Speisekarte. Was wollen wir bestellen?«

»Ich weiß nicht. Wie wäre es mit Reisnudeln und dem Hühnchen-Gemüse-Mischmasch und vielleicht ein Garnelen-Omelett und eine große Portion gebratenen Reis?«

»Hört sich gut an. Die große Frage ist nur: Haben wir Eis im Haus?«

»Oh, Bob, du bist ein hoffnungsloser Fall. Aber du hast Glück, es ist noch etwas Pekannusseis übrig. Möchtest du einen Tee?«
»Immer.«
»Komm, wir trinken ihn auf der Veranda.«
»Gut.«
»Ich rufe die Hekes gleich an. Aber wahrscheinlich ist Rosie schon auf dem Heimweg.«
»Soll ich dir das Tablett abnehmen?«
»Nein danke, geht schon.«

ZELTAUFBAU / 17:30 UHR
»Alles in Ordnung?«
»Na ja, gerade noch.«
»Das war ein bisschen komisch.«
»Ein bisschen komisch? Das war absolut abgefahren!«
»Ich hätte nie gedacht, dass es solche Typen im wirklichen Leben gibt. Der ist doch direkt aus einem ›Crocodile Dundee‹-Film ausgebrochen.«
»Haargenau.«
»Witzig war, dass er dich am Anfang für einen Jungen gehalten hat.«
»Das ganze Bier hat seine Augen ruiniert und außerdem seine Gehirnzellen weggeschmolzen. Mir wär's lieber gewesen, er hätte mich weiter für einen Jungen gehalten, anstatt dann dauernd ›Puppe‹ zu mir zu sagen.«
»Du warst super, Rosie, wie du plötzlich so getan hast, als ob du kotzen musst.«
»Na ja, irgendwie mussten wir ja raus. Wenn es noch ein bisschen dunkler geworden wäre, hätten wir das Zelt nicht mehr aufbauen können.«
»Wo wir gerade davon sprechen – hilfst du mir bitte mal? Du brauchst das Teil hier nur festzuhalten, während ich die Stange durchstecke.«
»Ob er's geschluckt hat?«

»Anscheinend. Es war clever, dass wir ihm gesagt haben, wir trampen zurück nach Geraldton.«
»Ich hab noch was äußerst Cleveres gemacht.«
»Was denn?«
»Ich hab die Streichhölzer hier mitgehen lassen.«
»Scheiße, Streichhölzer. Daran hab ich überhaupt nicht gedacht.«
»Ich hab sie zwischen all dem anderen Krempel auf dem Sitz liegen sehen und Zack!, in die Tasche damit, nur, falls wir welche brauchen.«
»Mit dem Wasser müssen wir aber sparsam umgehen.«
»Mm. Wenn jeder jetzt einen Becher trinkt und wir noch was für die Suppe nehmen, können wir den Rest für morgen früh aufheben.«
»Dann müssen wir ja sowieso weiter.«
»Die Frage ist nur …«
»Ja?«
»Asher, wo genau wollen wir hin?«
»Einfach die Küste rauf. Kalbarri, Broome. Freeway und auf und davon. Aber ich dachte, wir waren uns einig.«
»Schon, bloß …«
»Was?«
»Asher, ich glaub, wir sind auf der falschen Straße.«
»Wie meinst du das?«
»Na ja, wir sind hier in den Ferien mal raufgefahren. Genauer gesagt waren wir in Monkey Mia um uns die Delphine anzuschauen. Und ich glaube, wir sind auf der falschen Straße. Es gibt eine Küstenstraße und eine im Inland und wir wollen ja an der Küste hoch, aber wenn er nach Meekathara wollte, dann sind wir auf der Inlandstraße.«
»Scheiße.«
»Eigentlich spielt es ja keine Rolle. Ich meine, wir haben es ja nicht eilig. Wir können morgen früh zurücktrampen. Zurück zu dem Kreisverkehr gleich außerhalb von Geraldton. Da haben

wir uns wahrscheinlich vertan. Wir können uns auch an einer Tankstelle eine Karte besorgen.«
»Wäre vermutlich nicht schlecht. He, fertig: Unser trautes Heim!«
»Ein schönes Zelt.«
»Mein Vater hat es mir zu Weihnachten geschenkt, es ist ein Kuppelzelt und heißt ›Silver Dome‹. Jetzt brauchen wir noch Kleinholz für ein Feuer.«
»Elendes Mückenzeug. Was wir wirklich brauchen, ist ein Insektenschutzmittel und eine schöne Schaumstoffmatratze.«
»Tut es fürs Erste auch ein Schokoladenfrosch?«
»Also gut, mach drei daraus und gib noch eine Orange dazu und ich bin einverstanden.«

EREIGNISKETTE
»Hallo, Vera, hier ist Lily. Rosie ist noch nicht zu Hause und wir wollten nur hören, ob Bob rüberkommen und sie abholen soll, wo es doch jetzt schon dunkel wird. Das Rad kann er ja auf dem Fahrradständer mitnehmen.«
»Bitte?«
»Das heißt, wenn sie noch da ist.«
»Ich verstehe dich nicht. Rosie war heute gar nicht hier.«
»Was?«
»Pip war heute mit den anderen Mädchen in der Stadt. Sie sagte, Rosie käme nicht mit. Sie würde was mit euch unternehmen.«
»Aber ... Rosie ... Rosie muss bei euch sein. Sie hat gesagt, sie würde bei Pip übernachten.«
»Sie will heute bei uns übernachten?«
»Nein, gestern. Sie kam gestern von der Schule nach Hause und fragte, ob sie bei Pip übernachten könne. Sie sagte, sie wollten heute auf den Markt gehen und gegen vier wäre sie wieder zurück. Wir waren selber auch unterwegs und dachten, sie müsste jeden Augenblick nach Hause kommen. Oh, mein Gott, es muss etwas Schreckliches passiert sein!«

»Hör zu, ich hab keine Ahnung, worum es da geht. Mach dir erst mal keine Sorgen. Ich rede mit Pippa und ruf dich gleich wieder an, ja?«
»Okay. Danke. Tschüss.«

PIPS GESCHICHTE

»Pippa, komm her. Wo ist Rosie?«
»Ich weiß nicht.«
»Komm, komm, komm, nicht mit mir. Wo ist Rosie?«
»Ist sie nicht zu Hause?«
»Pippa, du weißt, dass sie nicht zu Hause ist. Lily hat gerade angerufen. Rosie hat ihrer Mutter gesagt, sie würde bei uns übernachten und jetzt ist sie immer noch nicht zurück. Also, wo steckt sie?«
»Woher soll ich das wissen?«
»Mädchen, ich weiß, dass du irgendwas weißt. Die Frau ist kurz davor, den Verstand zu verlieren. Sie glaubt, ihr Kind sei ermordet worden oder so was. Schon als ich dich heute morgen gefragt habe, warum Rosie nicht mitkommt in die Stadt, hab ich gewusst, dass du mir irgendwas verschweigst. Ich hab's dir angesehen. Du weißt etwas und du wirst es mir jetzt sagen. Keine Ausflüchte mehr.«
»Sie ist mit Asher unterwegs.«
»Diesem Neuen?«
»Ja. Da war was in der Schule. Sie haben behauptet, er hätte Geld gestohlen, hat er aber nicht. Nur weil er neu ist und ein bisschen ausgeflippt aussieht. Es ist so fies! Jedenfalls hat er gesagt, er will abhauen, und Rosie hat gesagt, sie geht mit.«
»Na, toll! Und wo sind sie jetzt?«
»Weiß nicht. Adelaide, glaube ich. Sie wollten über die Nullarbor-Ebene trampen und wieder nach Byron Bay gehen, wo Asher gewohnt hat, bevor sich seine Eltern getrennt haben.«
»Und das ist die volle Wahrheit, Pip?«
»Ja.«

»Ich würd's dir auch raten. Du gehst jetzt und holst deinen Vater. Ich will mit ihm darüber reden. Vorher muss ich aber noch Rosies Mutter anrufen. Die arme Frau, wenn sie das hört, dreht sie durch.«

MALVINA / SAMSTAG / 17:45 UHR

Es wird spät und sie schnippelt Zucchini und sie weiß, dass irgendetwas Schlimmes passiert ist, aber sie weiß nicht, was sie tun oder wen sie anrufen soll und ihr Magen ist ein Eisklumpen und ihr Herz aus heißer Kohle, weshalb sie aufhört zu schnippeln und anfängt zu weinen und genau in dem Augenblick klopft es an der Tür.

VOR DEM ZELT

Die Mücken tun sich an Rosie und Asher gütlich und Rosie und Asher an Tomatensuppe mit Muffins und gerade hat sich blinzelnd der erste Stern gezeigt. Gummibäume heben sich wie Tuschezeichnungen vom Horizont ab und die letzte schwarze Krähe hat sich kreischend in die Dämmerung davongemacht. Über allem liegt eine süße, einsame Zufriedenheit, nur zwei junge Liebende und ein Zelt unter einem dunkelblauen Satinhimmel.

AUF FALSCHER FÄHRTE

»Mrs. Fielding?«

»Ja.«

»Ich bin Kriminalkommissar Marsden und das ist Polizeihauptmeister Fraser. Dürfen wir reinkommen?«

»Natürlich.«

»Ist Ihr Sohn Asher zu Hause?«

»Nein, er ist nicht da. Ich wollte Sie gerade anrufen. Ich dachte, er sei mit einer Freundin unterwegs, aber sie sind noch nicht zurück und ich mache mir schreckliche Sorgen.«

»Diese Freundin – könnte das Rose Elizabeth Moon sein?«

»Rosie ... Ja, ich glaube. Sie ist das einzige Mädchen, das Asher je nach Hause gebracht hat ... Ich hab die beiden heute noch gar nicht gesehen, aber da hinten steht ein Damenfahrrad. Was ist los? Was ist passiert?«

»Mrs. Fielding, ich bin hier, weil Mr. und Mrs. Moon ihre Tochter als vermisst gemeldet haben. Sie hatte gesagt, dass sie bei einer Freundin übernachten wolle, und als sie heute Abend nicht nach Hause gekommen ist, haben ihre Eltern sich Sorgen gemacht. Pippa Heke, die Freundin, sagt, dass Asher und Rosie gestern Abend weggelaufen sind und per Anhalter über die Nullarbor-Ebene in Richtung Byron Bay wollen. Aus unseren Unterlagen geht hervor, dass Ihr Sohn nicht das erste Mal so etwas versucht. Vor wenigen Wochen ist das Gleiche schon einmal passiert. Ist das richtig?«

»Schon, aber ich dachte, es sei jetzt alles in Ordnung. Ich meine, Asher hatte sich anscheinend in der Schule eingelebt und auch sonst ... «

»Anscheinend ist das noch nicht alles. Pippa sagt, dass Asher im Verdacht steht, die Brieftasche einer Lehrerin gestohlen zu haben. Wissen Sie etwas darüber?«

»Nein, gar nichts. Aber Asher war immer sehr vertrauenswürdig. So etwas würde er einfach nicht machen, das weiß ich. Allerdings, vor ein paar Tagen war er wegen irgendetwas ziemlich durcheinander. Warum, um alles in der Welt, hat er nicht mit mir darüber gesprochen? Das ist ja schrecklich!«

»Bitte regen Sie sich nicht auf, Mrs. Fielding. Wir wissen, dass Sie sich große Sorgen machen, aber wir müssen jetzt die beiden wieder gesund nach Hause bringen. Können Sie uns sagen, was Ihr Sohn anhatte, als er am Freitagabend das Haus verließ?«

»Am Freitagabend? Er kann doch nicht schon seit Freitagabend weg sein! Oh, Gott. Also, ich war gestern Abend weg. Ich bin spät nach Hause gekommen und ging davon aus, dass Ash im Bett liegt. Und als ich heute Morgen die Fahrräder sah, dachte ich, er sei mit Rosie irgendwohin gegangen. Ich weiß also nicht

genau, was er anhatte. Aber ich kann in seinem Zimmer nachschauen.«
»Danke, Mrs. Fielding, das würde uns sehr helfen.«

Malvina geht in Ashers Zimmer. Ihre Gedanken rasen in tausend verschiedene Richtungen gleichzeitig. Jetzt ist es wirklich ernst, denkt sie. Nigel, wo bist du? Jetzt, wo ich dich so sehr brauche. Sie werden mir Asher wegnehmen. Sie werden denken, ich komme nicht mit ihm zurecht. Sie werden ihn in ein Heim stecken. Und wenn ihm etwas passiert? Warum hat er mir nichts von der Brieftasche erzählt? Was mache ich mit der ganzen Ratatouille? Warum sind wir nicht in Byron geblieben? Warum um alles in der Welt sind wir an diesen Unglücksort gezogen? Woher zum Teufel soll ich wissen, was er anhatte?

ÜBERRASCHUNG
Ashers Kleider sind zum größten Teil auf dem Boden verteilt und da, mitten in dem Sammelsurium aus schmutzigen Hemden, liegt ein zusammengefalteter, blauer Zettel, auf dem »Mam« steht – der Abendwind hatte ihn vom Schreibtisch geweht, wo Asher ihn an die kleine Quarzpyramide gelehnt hatte.

VON ASHER
Mam – bleib ganz ruhig. Ich muss das einfach machen, anders geht es nicht. Ich verspreche dir, dass mir nichts passiert und dass ich auf Rosie aufpasse. Wir kommen in ein paar Wochen wieder zurück.
xox Alles Liebe Asher
PS: Ich habe die Brieftasche nicht geklaut

ALS NÄCHSTES
1. Kriminalkommissar Marsden sagt, wenn sie innerhalb von 24 Stunden nicht wieder auftauchen, wird eine Vermisstenmeldung der Kategorie 4C rausgehen. »Wir bleiben in Verbin-

dung«, sagt er und macht ein paar Schritte hinaus in die Nacht. »Oh, und wir brauchen noch ein Foto neueren Datums.«

2. Malvina sagt: »Warten Sie noch«, und fragt, ob sie vielleicht mit Rosies Eltern sprechen könnte.
3. Kriminalkommissar Marsden kratzt sich am Kopf und denkt darüber nach und sagt, na ja, wieso eigentlich nicht?
4. Malvina erhält die Telefonnummer der Moons und die beiden Polizisten fahren zu einem Zwischenfall in einem Schnapsladen in Scarborough Beach.

SCHWERFÄLLIG WIE EIN ROBOTER
wählt Malvina Nigels Nummer und hört seine Stimme: »Hier spricht Nigels Anrufbeantworter. Im Augenblick ist er nicht zu erreichen. Bitte hinterlassen Sie eine Nachricht und Nigel ruft Sie innerhalb von dreißig Tagen zurück. Nach Überweisung eines größeren Geldbetrages auch schon eher.« Zu jedem anderen Zeitpunkt wäre das komisch gewesen, aber nicht jetzt.

EIN FERNGESPRÄCH, AUS DEM DIE EINSAMKEIT SPRICHT
»Nigel, ich bin's, Mal. Asher ist wieder weg. Diesmal ist es ernster... es ist noch jemand anders dabei. Ich muss wirklich dringend mit dir reden. Ruf mich zurück, ja?«

Dann wählt Malvina mit klopfendem Herzen die Nummer, die die Polizisten ihr gegeben haben. Robert nimmt ab. »Nun ja«, sagt er, »meine Frau ist im Moment ziemlich durcheinander, aber doch, ja, wir würden gern mit Ihnen über die ganze Geschichte reden. Wie wäre es, wenn wir uns morgen früh treffen? Um elf?« – »Ich habe kein Auto«, sagt Malvina und fragt sich, ob sie sich so durcheinander anhört, wie sie sich fühlt. »Wir können zu Ihnen kommen«, sagt Robert. »Geben Sie mir Ihre Adresse.«
Nachdem sie den Hörer aufgelegt hat, geht Malvina in die Küche. Da liegen die Aubergine, die Zucchini, die Pilze, das

Schneidbrett und das Messer. Trotz allem merkt sie, dass sie Hunger hat. Sie legt die Aubergine in den Gemüsekorb, die Zucchini in den Kühlschrank, wirft die Pilze zusammen mit einem dicken Klacks Butter in eine Pfanne und steckt zwei Scheiben Toast in den Toaster. Dann ruft sie Roger an. Und, oh Wunder, er ist zu Hause. »Kannst du rüberkommen?«, fragt sie. »Bring Rotwein mit und reichlich Papiertaschentücher. Es herrscht Krisenalarm. Ich brauche einen Freund.« – »Kein Problem, Kleines«, sagt Roger. »Die Fantastischen Schwulen Samstagabend-Samariter stehen dir zu Diensten. Bin schon unterwegs. Merlot oder Cabernet Sauvignon?«

ROBERT UND LILY VERSUCHEN DIE NACHT ZU ÜBERSTEHEN

»Lass uns positiv denken, Lily. Wenn wir hysterisch werden, hilft uns das nicht weiter.«

»Du lieber Himmel, ich bin nicht hysterisch! Ich mache mir Sorgen. Das ist ein Unterschied, kapierst du das?«

»Schau, Rosie ist ein vernünftiges Mädchen ... «

»Ach Robert, wie kannst du so etwas sagen? Wenn sie so vernünftig wäre, läge sie jetzt in ihrem Bett.«

»Ich weiß, dass du mit den Nerven fertig bist, Lily. Aber wir müssen jetzt an einem Strang ziehen. Alle Jugendlichen machen eine rebellische Phase durch. Die Polizei weiß, was zu tun ist. Es wird alles gut werden.«

»Ich kann nur hoffen, dass du Recht hast!«

»Wir wollen versuchen ein wenig zu schlafen. Morgen früh sieht alles schon wieder ganz anders aus.«

GEDANKEN

Und Robert denkt: »Lieber Gott, bitte lass Rosie nichts passieren. Ich darf Lily nicht zeigen, wie groß meine Angst ist. Ich muss stark sein. Ich muss so stark sein, dass es für uns beide reicht. Ich brauche jemand, der mich in den Arm nimmt.«

Und Lily fühlt sich total allein gelassen und vollkommen unfähig auf Robert zuzugehen und sie fragt sich, wie es möglich ist, dass ihr Mann so gefühllos ist, wie es möglich ist, dass er sich gar keine Sorgen zu machen scheint.

HARRY

Rosie ist weg und Mam und Dad sind total aufgeregt und sie wollen mir nicht richtig sagen, was los ist. ›Ein Schweinchen namens Babe‹ war toll. Vor allem als es die Schafe gejagt hat, das hat mir gut gefallen. Am liebsten würde ich jede Woche ins Kino gehen. Rosie kommt bald wieder. Das weiß ich.

IN MALVINAS GRÜNSEIDENER FOTOSCHACHTEL

Asher als pummeliges Baby ohne Haare liegt auf einer karierten Decke und strampelt mit seinen dicken Beinchen. Asher mit zwei Jahren in einem komischen, alten, grünen Pullover und weiten Hosen hält einen Plüschaffen im Arm. Asher mit fünf, mit abstehenden Ohren, wie er stolz den Kricketschläger präsentiert, den er zu Weihnachten bekommen hat. Mit elf, nichts als Arme und Beine, am Strand mit Nigel und einem Nat-Young-Surfbrett. Asher im Zoo. Asher in einem Matrosenanzug. Asher im Schlafanzug. Asher in seinem Baumhaus. Asher und Omama und der Riesenkürbis. Schulbilder. Asher und Jesse und Sam und Viv, die in einem schrottreifen Cadillac sitzen und so tun, als würden sie mit Vollgas dahinbrettern, und dabei lachen. Asher, der auf den Stufen zur hinteren Veranda sitzt und auf seiner Gitarre spielt. Malvina nimmt das neueste Schulfoto heraus, ein Porträt, nur Kopf und Schultern. »Seltsam«, denkt sie. »Er schaut den Fotografen nicht an. Er schaut durch ihn durch.«

KODAK-ROSIE

Das Foto, das Robert und Lily der Polizei geben, ist das von Roberts Schreibtisch. Harry hat es im letzten Sommer bei einem

Picknick unten am Fluss aufgenommen. Auf den meisten Fotos von Harry sieht man nur verschwommene Gestalten ohne Kopf, weshalb er die Kamera nur höchst selten in die Hand bekommt. Aber an jenem Tag hatte er Lily so lang bearbeitet, bis diese, nach ihrem zweiten Glas Sekt leichtsinnig geworden, nachgab und ja sagte. »Sieh zu, dass du den Kopf draufbringst, Herzchen«, hatte sie ihm noch eingeschärft, und genau daran hatte er sich dann auch gehalten. Da ist sie, unsere Rosie, der Kopf und der schlanke Hals, lachend, dunkle Augen und dunkle Locken und hinter ihr der ruhig dahinfließende Fluss. Ein perfektes Foto, voller Unbeschwertheit und Fröhlichkeit. Es hergeben zu müssen tut weh. Wenn schon seine Tochter nicht bei ihm ist, will er wenigstens ihr Foto haben, aber Robert tut, was getan werden muss. »Hier«, sagt er und durchquert mit schnellen Schritten das Zimmer. »Das ist meine Tochter Rosie.«

EINGEMUMMELT IN DIE SCHLAFSÄCKE / SAMSTAGABEND

»Rosie?«
»Mmm?«
»Woran denkst du?«
»An meine Eltern. Jetzt wissen sie wohl Bescheid. Und rotieren.«
»Und du ... rotierst du auch?«
»Ein bisschen.«
»Willst du nach Hause zurück?«
»Nein, das ist es nicht ... es ist nur ... sie werden sich schreckliche Sorgen machen, das ist alles.«
»Du könntest sie anrufen.«
»Ja, hab ich mir auch schon überlegt. Das mach ich auch. Morgen früh, wenn wir wieder in Geraldton sind. Aber ich sage nicht, wo wir sind, sie sollen weiterhin denken, dass wir nach Osten wollen. Ich will nur nicht, dass sie sich Sorgen machen, das ist alles. Ich mach es so wie du und sage ihnen, dass ich in ein paar Wochen wieder zurück bin.«

»Warum hast du ihnen eigentlich keine Nachricht hinterlassen?«
»Ich weiß auch nicht. Ich wusste nicht, was ich schreiben und wo ich anfangen sollte. Ich wollte nur weg. Ich meine, die letzten Wochen waren besser, kaum noch Streit oder so. Aber davor, ich weiß auch nicht, es war schrecklich. Meine Eltern hatten eine miese Phase, irgendwie scheinen sie nicht mehr viel aneinander zu finden. Na ja, vielleicht ist es nicht so schlimm, aber keiner von beiden scheint glücklich zu sein. Meine Mutter steigert sich in alles rein und mein Vater sagt dann gar nichts mehr und dann steigert sie sich noch mehr rein. Selbst, wenn mal alles okay ist, fragt man sich, wann es wieder losgeht. Und meine Mutter und ich, wir haben immer verschiedene Meinungen. Als wollte sie nicht, dass ich erwachsen werde. Ich soll am besten bis in alle Ewigkeit nach ihrer Pfeife tanzen. Über alles und jedes streiten wir uns. Das hat mich einfach fertig gemacht. Deshalb hab ich am Freitag nur noch gedacht: Nichts wie weg!«
»Ja, ich weiß. Mir ist es genauso gegangen, ich wollte einfach nur weg von allem, der Schule, der Brieftaschen-Geschichte und ... «
»Und was?«
»Nichts. Na ja ... ich bin froh, dass du mitgekommen bist, das ist alles.«
»Asher?«
»Ja?«
»Hast du schon viele Freundinnen gehabt?«
»Nein, nur eine. So eine Art Freundin jedenfalls.«
»Eine Art Freundin?«
»Ein Mädchen in Byron, Jesse. Wir vier, sie, Viv, Sam und ich, haben die ganze Zeit zusammengesteckt. Wir waren in der gleichen Klasse, haben zusammen gesurft, alles. Und ich und Jesse, wir waren ... ich weiß auch nicht, ich nehme an, man könnte sagen, sie war meine Freundin, aber nur so eine Art.«
»Welche Art?«

»Na ja ..., ich war mit ihr befreundet und sie war ein Mädchen und wenn ich in Byron geblieben wäre, wäre sie wahrscheinlich meine Freundin geworden.«
»Wie sieht sie aus?«
»Rote Haare, Rastalocken, Sommersprossen. Und Klamotten wie du.«
»Vermisst du sie?«
»Ich vermisse alles. Ich vermisse meinen Vater. Ich vermisse meine Freunde. Ich vermisse es, dass meine Eltern nicht mehr zusammen sind. Und du?«
»Was, ich?«
»Hast du schon viele Freunde gehabt?«
»Nein, noch keinen. Ich war ein paarmal verknallt, und dann gab es noch Alex, seine Eltern waren mit meinen Eltern befreundet und wir haben uns auch ganz gut verstanden. Er wohnt draußen in Parkerville und geht auf die Eastern Hills Highschool, so dass wir uns im Grund kaum gesehen haben. Wir haben aber oft miteinander telefoniert. Dann ist er ein totaler Techno-Freak geworden und hat angefangen sich mit diesen Idioten zu treffen ... das hat mir dann irgendwie nicht mehr gepasst.«
»Ist es nicht seltsam, dass die Leute immer fragen, ob man eine Freundin hat, und dabei diese bestimmte Sorte von Freundin meinen? Dann denken sie, sie wissen genau Bescheid, und dabei ist es gar nicht so.«
»Das kenne ich. Meine Mutter fragt mich ständig auf diese widerlich unschuldige, fast schon hinterhältige Art und Weise über alles Mögliche aus und bohrt und bohrt und will jede Kleinigkeit wissen. Eine Zeit lang hat sie mich ständig wegen Pip in der Mangel gehabt, als ob sie Angst gehabt hätte, wir könnten lesbisch sein oder so. Ich sag ihr so wenig wie möglich. Oh, verflixt, da ist diese Mücke wieder. Ich zieh mir jetzt den Schlafsack über den Kopf, damit sie mich nicht erwischt. Außerdem bin ich müde.«

»Ja, ich auch. ›Der Schlaf schleicht herbei durch die samtschwarze Nacht‹, wie mein Dad immer sagt.«
»Ist das von Shakespeare?«
»Nein, das ist von ihm. Es macht ihm Spaß, sich solche Sachen auszudenken, so zu tun, als sei er ein großer Dichter. Er nennt sich Sir Nigel, der Barde. Er kann verdammt komisch sein. Also dann, gute Nacht.«
»Gute Nacht. Hoffentlich tret ich nicht auf dich drauf.«
»Was?«
»In der Nacht. Ich hoffe, ich trete nicht auf dich drauf. Normalerweise muss ich nämlich raus zum Pinkeln.«
»Ach so.«
»Also, gute Nacht.«
»Ja, träum was Schönes.«

ROSIE / 21 UHR

Ob er mich mehr mag als Jesse? Wie kommt's, dass er nicht versucht mich zu küssen oder so? Oh, Mann, bin ich müde. Morgen ruf ich zu Hause an. Vielleicht ruf ich auch Pip an. Ich muss mir genügend Münzen besorgen. Oder ich hol mir eine Telefonkarte. Morgen küssen wir uns vielleicht. Morgen trampen wir ans Meer. Wir müssen eine Straßenkarte kaufen und Klopapier.

ASHER / 21 UHR

der boden ist vielleicht hart ich sag aber nichts dauert bestimmt nicht lang bis ich einschlafe ich bin schon halb weg es ist wirklich schön mit ihr zusammen zu sein man kann so gut mit ihr reden ich kann einfach alles sagen und es ist okay wenn ich mich bloß trauen würde sie zu küssen aber warum muss es immer der mann sein der alles tut wenn ich bloß geistreich und selbstbewusst wäre und nicht fünfzehn und Schiss hätte und wenn bloß dieser cowboy nicht ständig gefragt hätte wo wir hinwollen wir sind immer ausgewichen und haben das thema gewechselt aber er muss es gemerkt haben hau ab du blöde mücke ein mann braucht seinen schlaf ich liebe diese schwerelos schwebende halbschlafzeit bevor man richtig schwerelos abschwebt.

SONNTAG FRÜH UNTER EINEM GUMMIBAUM

Um halb sechs fangen die Vögel an zu zwitschern. Die Krähen machen einen Heidenlärm. Um sechs sind die Reisenden halb wach. Um halb sieben stolpert Rosie aus dem Zelt um zu pinkeln. Um sieben scheint die Sonne voll auf das Zelt, also stehen sie auf und sitzen da, halb benommen, wie man sich eben fühlt, wenn man auf hartem Boden geschlafen hat, weit weg ist von allem Vertrauten und aufwacht und einem einfällt, dass man auf der Flucht vor dem Gesetz ist und sich auf einem staubigen Acker befindet, fünfzig Kilometer von der nächsten Stadt entfernt. Halb acht und Zeit, Weetabix mit Milch zu essen und eine saftige Orange zu schälen. Um acht hören Asher und Rosie das Jaulen einer Motocross-Maschine, zu nah um sich noch wohl zu fühlen; schließlich gehört das Land zu einem Bauernhof. Es wird also Zeit, das Zelt abzuschlagen und einzupacken, Sand auf die Feuerstelle zu streuen und zur Straße zurückzugehen. Sich auf den Weg nach Süden zu machen ohne ein Auto weit und breit.

WÜNSCHE

Ich wünschte, ein Wagen würde kommen
Ich wünschte, es wäre ein silberner Porsche
Ich wünschte, es wäre ein purpurfarbener Rolls Royce
Ich wünschte, es wäre ein schwarzer Mercedes und im Kassettenrekorder laufen Songs von den Doors
Ich wünschte, es wäre ein rosa Cadillac, in dem ›Chocolate Starfish‹ läuft
Ich wünschte, es wäre ein goldener Mercedes, in dem alte Bluesnummern laufen
Ich wünschte, ich hätte ein Handy

Ich wünschte, ich hätte eine Tasse Kaffee mit Milch und zwei Stück Zucker
Ich wünschte, ich auch
Ich wünschte, ich hätte ein getoastetes Käse-Tomaten-Sandwich
Ich wünschte, ich hätte ein getoastetes Sandwich mit Schinken und Käse und eine Tasse heiße Schokolade
Ich wünschte, ich hätte ein Motorrad
Ich wünschte, ich hätte eine heiße Dusche und ein großes, flauschiges Badetuch
Ich wünschte, ich hätte ein Haus am Meer
Ich wünschte, ich hätte Strandschuhe an
Ich wünschte, ich hätte einen Esel, der meinen Rucksack trägt
Ich wünschte, ich hätte Flügel
Ich wünschte, ein Auto würde uns mitnehmen
Ich wünschte, es wäre ein silberner Porsche

ENDLICH MITGENOMMEN WERDEN

Miriam Perkins ist in ihrem gelben Corolla, Jahrgang 1979, auf dem Weg zum Sonntagsgottesdienst in der St.-Patrick-Kirche in Geraldton. Sie fährt etwas langsamer als erlaubt, gemächlich wie immer, und summt einen bewegenden Choral aus der Radioandacht mit, als sie zwei Mädchen an der Straße stehen sieht. Miriam Perkins nimmt grundsätzlich keine Anhalter mit. Männliche Anhalter könnten gefährlich werden und weibliche Anhalter tun etwas Gefährliches, das jedenfalls ist Miriams Meinung. Aber weil es zwei Mädchen sind und weil Sonntag ist und der Herr gesagt hat »Liebe deinen Nächsten wie dich selbst«, beschließt sie für diese beiden eine Ausnahme zu machen. Obwohl weit und breit kein anderer Wagen zu sehen ist, setzt sie den Blinker und bringt den Corolla am Rand der staubigen Straße sanft zum Stehen. Sie nimmt den Teller mit dem Stück Apfelkuchen, in Frischhaltefolie eingewickelt und selbst gebacken, vom Beifahrersitz und stellt ihn sich auf die Knie und streckt den ordentlich frisierten Kopf aus dem Fenster. »Ich kann euch nach

Geraldton mitnehmen«, zwitschert sie, »wenn eine von euch mein zweites Frühstück auf dem Schoß hält.«

WÄHRENDDESSEN IN ELTERNHAUSEN

Es ist elf Uhr und Malvina hat die Wohnung so aufgeräumt, dass sie kaum noch bewohnt aussieht. Sie hat staubgesaugt, sämtliche Beweise der Rotwein-Eskapade beseitigt, die Sofakissen kunstvoll arrangiert und alles, was so herumlag, einfach in den Flurschrank gestopft. Sie hat ein Tablett für den Tee vorbereitet mit einem Krügchen Milch und einem Teller mit Keksen. Das Aufräumen hält sie in Trab und sie will, dass die Wohnung normal aussieht. Nicht wie das Haus der Mutter eines Jungen mit schlechtem Einfluss, eines Diebes, eines verhaltensauffälligen Ausreißers. Sie weiß, dass nichts davon auf Asher zutrifft, aber wie kann sie zwei Mittelschichts-Eltern aus Swanbourne mit einer verschwundenen Tochter davon überzeugen? Sie erinnert sich, dass sie Asher einmal nach Rosies Eltern gefragt hat und dass er sie für ziemlich spießig hielt.

Seien wir ehrlich, schlimmer hätte es beim besten Willen nicht kommen können. Nigel hat nicht zurückgerufen, sie hat einen Kater, es könnten aber auch Verspannungskopfschmerzen sein, jedenfalls, es bringt sie noch um, und wie sehr sie sich auch bemüht, das Apartment sieht immer noch aus wie eine Hippie-Wohnung, nur dass es jetzt wie eine verdächtig aufgeräumte Hippie-Wohnung aussieht. Und, oh nein, jetzt läutet es an der Tür.

EINE TELEFONZELLE / SONNTAGMORGEN

Irgendein Besoffener hat am Samstagabend die Scheibe eingeschlagen und die Hälfte der Seiten aus dem Telefonbuch rausgerissen und es stinkt irgendwie nach altem Urin, aber Rosie nimmt das alles gar nicht wahr. Während sie die Münzen in den Schlitz steckt, beobachtet sie Asher. Er sitzt mit gekreuzten Beinen im Park, den Rucksack neben sich. »Wie schlank er aussieht

und wie schön mit dem gebräunten Gesicht und den kurzen blonden Haaren, die ganz lockig sind ohne die Rastazöpfe. Und das vertrottelte alte Tantchen hat ihn für ein Mädchen gehalten, das muss man sich mal vorstellen! Typisch, zuerst hat Mr. Cowboyhut mich für einen Jungen gehalten und jetzt hält Mrs. Auf-dem-Weg-in-die-Kirche Asher für ein Mädel. Erwachsene kucken uns überhaupt nicht richtig an, sie sehen nur Jeans und Docs und kurze Haare und den Rest übernimmt ihre Fantasie. Es ist, als würden wir auf unterschiedlichen Planeten leben. Aber was soll's, mir doch egal«, denkt Rosie. »Mir ist alles egal, außer mir und Asher. Und selbst wenn Mam im Viereck springt, ich geh noch nicht nach Hause.«
Vor ihrem geistigen Auge sieht sie sich einen Strand entlanglaufen, weit weg von allem, nur sie und Asher, und sie haben sich eine Art Robinson-Crusoe-Lager gebaut. Der Sand ist weiß und sie trägt ihren lavendelfarbenen Wickelrock und ... der sonnendurchflutete Tagtraum wird jäh von einem metallischen Piep-Piep-Piep unterbrochen und dann hört sie Lilys Stimme, aber nicht die echte Lily. »Hallo, Sie haben die Nummer der Moons gewählt. Wir sind im Moment nicht zu Hause, aber Ihr Anruf ist uns wichtig. Wenn Sie mit Robert, Lily, Rosie oder Harry sprechen wollen, hinterlassen Sie bitte Ihren Namen und Ihre Telefonnummer nach dem Piepton. Wir rufen Sie so bald wie möglich zurück.«

DIE NACHRICHT

»Mam, Dad, ich bin's, Rosie. Also, äh, inzwischen wisst ihr ja, dass Asher und ich abgehauen sind. Tut mir Leid, dass ich euch keine Nachricht hinterlassen habe, aber ihr braucht euch um mich keine Sorgen zu machen, weil wir auf uns aufpassen und ganz vernünftig sind und in ein paar Wochen sind wir ja wieder da. Ihr versteht das wahrscheinlich nicht, aber ich brauche ... ich brauche einfach mal eine Auszeit. Und, äh, es ist nicht Ashers Schuld, weil ich von mir aus mitkommen wollte. Er ist wirklich nett und er hat nichts gestohlen. Also dann, alles Liebe für Harry und für euch zwei und, ja, tschüss für heute, okay, bis bald.«

ROSIE MOON UND ASHER FIELDING SITZEN IN EINEM PARK

Neun Uhr dreißig. Ein Morgen zum Träumen. Geraldton ist eine Geisterstadt. Außer Rosie und Asher und einer wuscheligen grauen Katze ist weit und breit niemand zu sehen. Die ganze Welt schläft noch oder liegt eingemummelt im Bett und überlegt, ob sie aufstehen soll, oder sitzt in einer Küche und wartet, bis der Tee gezogen hat, und streicht in aller Ruhe Gemüsepaste auf eine Scheibe knuspriges Toastbrot. Zeit ist jetzt ein fremdes Land und Leben eine unbekannte Größe, mit der sie machen können, was sie wollen. Es gibt nichts, was sie tun müssten, und keinen Ort, wo sie sein müssten, und niemand schreibt ihnen vor, was sie tun sollen. Es ist herrlich und wunderbar und verdammt gruselig.

EIN GESPRÄCH

»Hast du angerufen?«
»Ja.«
»Und?«
»Es war keiner da. Ich hab nur auf den Anrufbeantworter gesprochen. Ein Hoch auf die moderne Technik. Ich hatte echt Schiss, dass meine Mutter drangehen würde. Sie hätte hohl gedreht und versucht, mich zum Nach-Hause-Kommen zu überreden. Jetzt geht es mir besser. Ich meine, jetzt werden sie sich keine solchen Sorgen mehr machen. Und dann hab ich noch bei Pip angerufen, aber ihr Vater war dran, da hab ich schnell wieder aufgelegt. Ich hab mir was überlegt, Asher. Ich schätze, wir sollten etwa hundert Mäuse von der Bank holen, weil es in den kleinen Ortschaften am Meer keine Banken oder Geldautomaten gibt, aber wir brauchen die Kohle für Campingplätze und Essen und so.«
»Ja, gut.«

»Und wir brauchen eine Straßenkarte und eine Rolle Klopapier.«
»Und Streichhölzer. In dieser Schachtel sind fast nur abgebrannte und kaum noch gute.«
»Also müssen wir zurück zur Hauptstraße und einen Geldautomaten, einen Laden und eine Tankstelle suchen und dann müssen wir wieder zu dem Kreisverkehr zurückmarschieren.«
»Klingt ziemlich anstrengend. Wir könnten uns auch erst mal unter den Baum dort legen und eine Weile ausruhen.«
»Warum nicht? Die Sonne macht mich ganz müde.«

SONNTAGMORGEN

Tom Hyde wäscht die Autos. Sonntagmorgens wäscht er immer die Autos. Es ist ein beruhigendes Vorstadtritual. Sonntagmorgens geht Wendy zu ihrer Wassergymnastik und er wäscht die Autos. Im Grunde versteht er nicht, weshalb Wendy sich bei der Wassergymnastik abplagt, weil sie auf dem Heimweg regelmäßig am Feinkostgeschäft anhält und zum Mittagessen leckere Kleinigkeiten wie französischen Käse und Pastete mitbringt, herrliche, kalorienreiche Köstlichkeiten, die garantiert jeden Gewichtsverlust, den das Herumhüpfen im Wasser mit den anderen mittelalterlichen Damen bewirkt haben mag, wieder zunichte machen. Das wird er ihr gegenüber jedoch unter keinen Umständen erwähnen, da er es genießt, den Sonntagmorgen für sich allein zu haben, und außerdem will er die Feinschmeckermahlzeiten keinesfalls gefährden. Aber er mag sie so pummelig, wie sie ist, und möchte eigentlich, dass sie mit den ewigen Diäten aufhört. Sie wird dann immer entsetzlich launisch. Wendy hat eine harte Woche hinter sich und er folglich auch. Strengste Diät, prämenstruelles Syndrom, jede Menge Korrekturen und dann auch noch die Geschichte mit der verschwundenen Brieftasche. Der schiere Alptraum, diese Woche. Hier draußen in der Sonne ist es herrlich. Tom schüttet das heiße Seifenwasser aus dem Eimer unter die Palme, wringt das Fensterleder aus und rollt den Schlauch auf. Außen ist er mit beiden

Wagen fertig. Jetzt noch innen staubsaugen und dann will er sich eine Tasse Kaffee machen und schauen, wer das Rugbyspiel gewinnt. Als Tom Hyde mit der Düse des Staubsaugers unter den Fahrersitz von Wendys Honda fährt, stößt er mit der Hand an etwas, das direkt an der Tür unter der Matte eingeklemmt war. Es ist eine schwarze Brieftasche.

EIN BLAUER VW-CAMPINGBUS

Es war einmal vor langer, langer Zeit, da hieß sie Patricia Louise Stanford, aber das ist lange her. Heute heißt sie Star. Sie heißt Star und ihr Haar hat die Farbe von Mondstrahlen, durchsetzt mit Strähnchen im Blau des anbrechenden Tages, und um ihren bloßen braunen Knöchel trägt sie eine Kette mit winzigen silbernen Glöckchen, die bimmeln, wenn sie geht. Zur Zeit geht sie aber nicht. Sie sitzt auf dem Beifahrersitz eines blauen VW-Campingbusses und fühlt sich ausgesprochen müde und kaputt. Gestern Nachmittag in Freo haben sie mit Cody und Annie ein bisschen Gras geraucht und die Idee, im Morgengrauen Richtung Norden aufzubrechen, einfach geil gefunden. Die Wirklichkeit war dann aber ein ziemliches Chaos gewesen. Löslicher Kaffee und pappiges Müsli in der unaufgeräumten Küche in der Solomon Street; Leo war in Katzenscheiße getreten und sie konnte ihre Samtmütze nicht finden. Cody und Annie hatten ihnen gute Reise gewünscht und »kommt wieder, wann immer ihr wollt« gesagt, doch irgendwie hatte es nicht mehr gestimmt, als hätten sie ihre Gastfreundschaft überstrapaziert.
Leo geht ihr auch gewaltig auf den Keks. Seit sie in Gingin den Platten hatten, hat er kaum ein Wort gesagt und so muss sie ganz alleine Angel bei Laune halten und beschäftigen. Mit Buntstiften immer wieder neue Bilder malen. Am laufenden Band »Ich sehe was, was du nicht siehst« spielen. Aus dem zerfledderten Märchenbuch vorlesen. Wir wollen uns nichts vormachen, mit einer Vierjährigen zu reisen kann die Härte sein. Und die Landschaft da draußen ist auch ziemlich langweilig. So weit

das Auge reicht nur das weiße Band der Landstraße. Außer trockenen Weiden gibt's auf beiden Seiten nicht viel zu sehen. Gott sei Dank ist Angel endlich eingeschlafen, liegt jetzt zusammengerollt hinten im Bus, das Schmusetuch aus Satin um die kleine dicke Hand gewickelt. Zum Teufel mit den Männern. Zum Teufel mit Leo. Bockt einfach, anstatt mit ihr die Atmosphäre aufzulockern. Okay, aber mit ihrer Wut auf ihn Energie zu vergeuden ist auch nicht gerade sehr spirituell, das ist ihr schon klar. Osho sagt, man muss in die Realität von Raum und Zeit eintreten, darf nichts erwarten, nicht verlangen, dass sich die Menschen auf eine bestimmte Art verhalten, um der eigenen Leere zu begegnen. Aber Leo würde trotzdem kein Zacken aus der Krone brechen, wenn er sich ein bisschen bemühen würde. Vielleicht sollte sie es mit einem positiven Vorsatz versuchen. Ich bin ganz ruhig. Um mich herum ist Frieden. Loslassen. Loslassen. Loslassen. Einen Versuch ist es wert. Ich wünschte nur ich bräuchte meine wunderschöne schwarze Samtmütze nicht loszulassen, denkt Star.

卌 DIE AUFKLEBER AUF DER STOSSSTANGE DES BLAUEN VW-CAMPINGBUSSES

Die Göttin tanzt
Greenpeace
Wunder gibt es immer wieder
Mein Zweitwagen ist ein Goggomobil
Dunsborough Campingplatz
Vorsicht, fliegende Untertasse

SONNENSCHEIN UND ROSEN

mit zusammengerollten handtüchern unter dem kopf liegen rosie und asher auf dem rücken im gras der himmel ist von sanftem blau keine wolken sie ziehen die schuhe aus damit ihre füße atmen können sie wackeln mit den zehen und reden von der zeit als sie noch klein waren und hast du noch einen zweiten vornamen und was isst du am liebsten und welchen beruf würdest du am allerwenigsten gern machen und was ist das schlimmste was eltern zu ihren kindern sagen können und was ist dein lieblingsfilm und was ist dein lieblingsbuch und was gibt's zum mittagessen und vielleicht sollten wir uns auf den weg machen ja bald sie küssen sich nicht täten es aber beide gern stattdessen berühren sich ihre füße und ihre arme und es ist wie ein elektrischer schlag die winzigen härchen auf den armen kitzeln so liegen sie glücklich nebeneinander die sonne wärmt sie durch einen grünblättrigen gummibaum in den himmel schauen so nah dass sie sich gegenseitig atmen hören süßes beisammensein dieser faule liebestanz im liegen

LEO

Es war einmal vor langer, langer Zeit, da hieß er Marcus William Parker, aber das ist lange her. Heute heißt er Leo. Heute heißt er Leo und er hat diesen Namen gewählt, weil der Löwe sein Sternzeichen ist. Und da er ein sommersprossiger Riese von einem Mann ist mit einer gewaltigen Mähne aus roten Ringellocken, fühlt er sich auch wie ein Löwe – ein Löwenmännchen, das vor Energie strotzt, der Energie der Sonne – und nicht wie ein Marcus, ein Name, der zweifellos mehr zu einem kleineren, blasseren, gewöhnlicheren Wesen passt. Es war einmal vor langer, langer Zeit, da studierte er Jura, doch heute ist er ein Biodynamiker, ein Reisender und ein Suchender nach der letzten Wahrheit. Er heißt Leo und er hat Hunger und beim Fahren verfolgt er die Kilometermarkierungen am Straßenrand: 65, 60, 55 ... In ungefähr einer halben Stunde werden sie in Geraldton sein. Endlich. Dann können sie anhalten, sich strecken und etwas essen. Vielleicht haben Star und Angel danach auch wieder bessere Laune.

Bis jetzt ist es eine ziemlich blöde Fahrt gewesen, doch vor ihnen liegen weite, offene Landstriche, einsame Strände, Lagerfeuer und sternenklare Nächte. Leo ist froh, aus der Stadt rauszukommen. Irgendwie ging ihm die Szene in Fremantle nach einer Weile ziemlich auf den Geist mit der Schickimicki-Angeberei und dem Yuppie-Handy-Getue. Scheiß Focaccia-Kuchen! Und er braucht auch in seinem ganzen Leben keine sonnengetrocknete Tomate mehr zu sehen.

FRAGEN

Was hat dich am meisten beeindruckt, als du noch ein Kind warst?
Wie ist dein zweiter Vorname?
Was isst du am liebsten?
Welchen Job möchtest du niemals machen?
Was ist das Schlimmste, was Eltern zu ihren Kindern sagen können?
Was ist dein Lieblingsfilm?
Was ist dein Lieblingsbuch?
Was möchtest du zu Mittag essen?

ANTWORTEN UNTER EINEM BAUM

»Als ich klein war, durfte ich bei Harrys Geburt dabei sein. Es hat ewig lang gedauert und im Morgengrauen ist er dann rausgeflutscht, ganz rot und total vollkommen.«

»Als ich klein war, hat mir mein Vater ein dreistöckiges Baumhaus gebaut. Wir haben zwei Nächte darin geschlafen und das Essen haben wir in einem Korb an einem Seil hochgezogen.«

»Du darfst aber nicht lachen! Elisabeth. Ich finde ihn bescheuert. Er ist so entsetzlich langweilig. Ich würde mit Zweitnamen lieber Kate oder Gloria heißen.«

»Meiner ist Bodhi. Bodhi ist der Name des Baumes, unter dem Buddha die Erleuchtung bekam. Ich mag ihn, aber wenn ich einen anderen wählen dürfte, wäre es Sam.«

»Meine liebste Süßigkeit ist Schokolade, egal welche Sorte, bloß nicht die, die mit diesem ekligen, klebrigen Zeug gefüllt ist. Kirschriegel sind lecker, besonders aus dem Gefrierfach. Schokoladen-Käsekuchen und Dattelpudding als Desserts und bei den Hauptgerichten Hähnchencurry.«

»Pommes frites. Ohne frische Pommes mit Salz und Essig gäbe es kein Leben auf diesem Planeten. Handgemachte sind besser als diese ausgestanzten Dinger, aber wenn sie gut gemacht sind, sind die auch okay. An süßen Sachen ... der Aprikosen-Walnuss-Streuselauflauf mit Sahne von meiner Mutter.«

»Ich könnte nie Zahnarzt werden. Igitt. Immer der Mundgeruch und dann musst du den Leuten ständig in die haarigen Nasenlöcher schauen.«

»Rettungssanitäter ... furchtbar. Oder Bankangestellter ... langweilig. Oder Hämorrhoidenspezialist!«

»Eltern sollten nicht sagen: ›Ich hab's dir doch gesagt!‹«

»›Als ich in deinem Alter war ... ‹«

»Mir hat Töchter des Himmels gut gefallen.«

»Pulp Fiction.«

»Jane Eyre.«

»Herr der Ringe.«

»Ein Brötchen mit Hähnchensalat und Eiskaffee.«

»Ein Brötchen mit Hähnchensalat und Pommes und Eiskaffee.«

WAS MALVINA AM SONNTAGNACHMITTAG IN IHR TAGEBUCH SCHREIBT

Die Sonne scheint auf die Hintertreppe. Nur ich und eine Tasse Ingwertee. Müde. Alles wirkt so unwirklich. Das Treffen mit Lily und Robert verlief besser als erwartet. Es sind nette Leute, die vor Angst beinahe durchdrehen, genau wie ich. Wir haben alle so getan, als seien wir vernünftige Erwachsene und haben lauter vernünftige Sachen gesagt. Teenager rebellieren nun mal. Wir dürfen nicht in Panik geraten. Positiv denken. Wir haben die Lebensläufe verglichen, sind die Fakten durchgegangen, wollen in Verbindung bleiben. Als Lily sich verabschiedete, haben ihre Hände gezittert und Robert hat seine große Hand auf ihre Schulter gelegt um sie zu trösten. Sie haben wenigstens einander. Ich fühle mich einsamer als die letzte Blume des Sommers, so nutzlos wie die Haarbürste eines Glatzkopfs und so zuversichtlich wie eine Schneeflocke in der Hölle. Aber ganz tief drinnen verstehe ich Asher. Ich bin auch mal weggelaufen. Ich weiß noch, wie es ist, fünfzehn zu sein, das Gefühl zu haben, als seien alle gegen dich, den Wunsch zu haben, dem allem zu entfliehen. Was ich nicht weiß, ist, wie man eine gute Mutter wird. Alles, was ich tun kann, ist hier in der Sonne sitzen und warten und hoffen und beten, dass ihnen nichts passiert.

DAS BLUESMOBIL

Star und Angel und Leo sind wieder guter Laune. Sie sind gegen Mittag in Geraldton eingelaufen, haben das Bluesmobil unten am Wasser geparkt und ließen sich herausplumpsen, froh, wieder unterwegs zu sein. Nichts hebt die Stimmung schneller als ein Strand: Wolken und schwebende Möwen und blendendes Türkisblau, kühler Sand zwischen den Zehen und ein sahniger Petticoatsaum aus Wellen, der zum Tanzen einlädt. Star machte ein paar Jogaübungen, eine geschmeidige Abfolge von »Grüßen an die Sonne«, streckte und dehnte und bog und lockerte ihren Körper und löste so die Verspannungen, die ein Vormittag im Auto angerichtet hatte. Leo lief am Strand entlang und als er völlig kaputt war, kehrte er um und schlenderte zurück. Er brachte eine feine rötliche Muschel mit, die er auf die Sandburg legte, die Angel am Rand des Wassers baute. Bald waren sie alle mit Begeisterung bei der Sache: Leo häufte eine gewaltige Burg und Mauern auf und hob rundherum einen Burggraben aus, Star machte mit akkuraten Reihen aus weißen Muscheln die Fenster und Angel wieselte davon, um Schätze zu suchen, mit denen sie das Dach schmücken wollte. Sie fand ein Büschelchen rosafarbenen Seetang, eine glatte Glasscherbe und ein Eis-am-Stiel-Hölzchen, das zum Fahnenmast wurde. Was für eine prächtige Burg! Und während sie daran arbeiteten, sangen sie ein langes Blödellied von einem Loch im Eimer.

»Es ist eine ganz, ganz tolle Sandburg, nicht wahr?«, fragte Angel.
»Oh ja, ganz, ganz toll«, sagte Leo.
»Und eine böse Prinzessin wohnt hier, ganz allein«, sagte Angel.
»Tatsächlich?«, fragte Star.
»Ja«, sagte Angel. »Und sie heißt Murgelmurtel. Und sie hat Hunger.«
»Ich auch«, sagte Leo.
»Wir haben noch Pita-Brot«, sagte Star, »und Erdnussbutter, Rosinen und Sprossen.«
»Hört sich gut an. Ich setz mal Wasser auf«, sagte Leo.

Und sie setzten sich auf ein altes, blaues Paisley-Tischtuch und aßen zu Mittag. Für die Möwen waren zwar keine Krumen übrig, aber dafür gab es Apfelkerne, die die Vögel mit wildem, undankbarem Kreischen aufschnappten. Angel buddelte Löcher in den Sand und beobachtete, wie sie sich mit Meerwasser füllten, während ihre Eltern in der Sonne dösten. Dann stiegen sie alle wieder in den Campingbus und fuhren weiter Richtung Norden. Sie waren schon anderthalb Kilometer außerhalb der Stadt

und Star hatte sich in den Straßenatlas von Westaustralien vertieft, um zu sehen, wie weit es noch bis Kalbarri war, als Leo an die Seite fuhr.
»Was gibt's?«, fragte Star.
»Zwei Anhalter. Sie sehen okay aus. Nehmen wir sie mit.«

TAUSENDE VON KILOMETERN ENTFERNT / SONNTAGNACHMITTAG

Nigel Fielding fährt nach Hause, allerdings ist es kein richtiges Zuhause mehr. Seit Malvina und Asher weg sind, besteht das Haus für ihn nur noch aus leeren Zimmern und einem Kühlschrank mit absolut nichts drin. Deshalb hat er sich ja aufgerafft, mal rausgehen, etwas unternehmen, Leute treffen, wie alle Welt ihm rät. Aber dieses Wochenende war die absolute Katastrophe gewesen. Ganz Byron scheint zu glauben, er habe eine heiße Affäre mit Fiona Barrington, doch ganz Byron irrt sich. Tatsache ist, dass er und Fiona sich lediglich dreimal getroffen haben und jedes Mal war schlimmer gewesen als das Mal zuvor. Zuerst auf eine Tasse Kaffee und einen Film. Er war überrascht gewesen, als sie ihn gefragt hatte, ob er mit ihr ausgehen wolle, aber es war dann ganz nett gewesen, auch wenn es nicht besonders schlau gewesen war, sich ›Muriels Hochzeit‹ anzuschauen. Schließlich geht es darin auch um das Auseinanderbrechen von Familien – gefährliches Terrain für sie beide. Dann das Fest im Tennisclub, wo er sich vorgekommen war wie ein Idiot, weil er sich nicht mehr erinnern konnte, wie man auf solchen Partys tanzt, und dann zu viel Tequila getrunken hatte.
Doch die letzte Nacht, das dritte Mal, war die absolute Katastrophe gewesen. Fiona hatte ihn zu sich zum Abendessen eingeladen und irgendwie war er über Nacht geblieben, mehr weil er das Gefühl gehabt hatte, es würde von ihm erwartet, als dass er es selbst gewollt hätte. Nachdem sie etwas verlegen ins Bett gekrochen waren, hatte Fiona ihm gestanden, sie sehne sich nach einer »ernsthaften Beziehung«, und er hatte plötzlich

mit erschreckender Klarheit erkannt, dass er in Wirklichkeit jemanden suchte, der ihm zuhörte, wenn er über Malvina sprach, und dass er mit dieser traurigen, feengleichen Frau, in deren Bett er lag, nur eines gemeinsam hatte: Sie waren beide entsetzlich einsam. Also hatte er eine »Ich bin noch nicht bereit für eine feste Bindung«-Rede abgelassen, dünn wie Wasser. Dann hatten sie sich traurig geküsst und waren eingeschlafen.
Am Morgen hatte es Croissants, Kaffee und lange, verlegene Gesprächspausen gegeben, und als sie sich mit »Bis bald« verabschiedeten, wussten sie beide, dass sie sich, wenn überhaupt, nur noch zufällig im Supermarkt treffen würden. Gott sei Dank musste er am Dienstag nach Darwin. Es war eine Erleichterung jetzt wegzufahren. Das also war sein Ausflug in die wunderbare Welt der Rendezvous gewesen. »Mach dir nichts vor, Malvina und Asher fehlen dir ganz entsetzlich und nichts kann sie ersetzen«, gesteht er sich voller Sehnsucht ein.
Nigel parkt seinen blauen Kombi unter dem Jakarandabaum, schnappt sich die Post, die lediglich aus einer einsamen Telefonrechnung besteht, und geht ins Haus, wo ihn eine sehr hungrige Katze und ein blinkendes rotes Lämpchen am Anrufbeantworter begrüßen.

EIN WAHNSINNSGEFÜHL

»Das ist das wahre Leben«, denkt Rosie. Sie und Asher sitzen auf der Rückbank des blauen VW-Busses und schaukeln Richtung Kalbarri. Die ganze Strecke mit einem Auto! Wahnsinn! Während sie schwitzend am Straßenrand gestanden hatten, hatte es so ausgesehen, als würden sie niemals weiter als bis Geraldton kommen. Gelobt sei das ewig gültige Gesetz des steten Wandels. Erst noch deprimiert und mutlos und eine Minute später schon unterwegs genau dahin, wo sie hinwollten.
Rosie erinnert sich dunkel an Kalbarri, weil sie dort vor vielen Jahren einmal Urlaub gemacht haben. Sie hat einen kleinen, zugigen Ort, blaues Meer, rote Felsen, niederes Gestrüpp und ein paar

verstreute Läden und Häuser vor Augen. Vielleicht können sie ihr Zelt bei den Wohnwagen aufstellen und heiß duschen. »Ich fange schon an zu müffeln«, denkt Rosie. »Dieser Bus ist einfach super. Das muss einer der schönsten Plätze überhaupt sein. Eine eigene kleine Welt auf Rädern.« Es gibt einen Tisch und zwei Bänke, die nachts als Betten dienen, einen kleinen Gasofen, ein Spülbecken und ein Regal mit einer ganzen Reihe von Gläsern, die mit Nudeln und Bohnen und Rosinen und Nüssen gefüllt sind. An den Fenstern kleben Delphin-Sticker und bunte Mandalas und an der Decke hängt ein Mobile aus grünen Glasperlen und Harzkügelchen und Muscheln. Unter den Bänken sind fein säuberlich Bücher und Kassetten, Schnorchel und Handtücher verstaut. In einem mit Engeln beklebten Karton liegen Märchenbücher und Teddybären und Regenbogenpapier und Buntstifte und Puzzles. Außerdem gibt es noch eine kleine, zusammengerollte Schaumstoffmatratze, eine bunte Patchworkdecke und ein passendes, sternenübersätes, rosa Kissen. Rosie fühlt sich gerettet und in Sicherheit, Teil von etwas Gutem. Sogar die Vorhänge sind mit roten Rosen bedruckt. Ich bin Rosie. Ich bin Rosen. Ich bin eine Zigeunerin. Ich bin eine Abenteurerin. Ich brauche eine Dusche. Ich liebe Asher. Da sitzt er. Seine wunderschönen Augen. Seine schmalen, gebräunten Hände. Er zwinkert mir zu. Und ich zwinkere zurück. Jetzt hab ich bestimmt keine Grimasse geschnitten.

ANGEL
Das kleine Mädchen starrt Rosie und Asher an, schweigend, den Daumen im Mund, beobachtet es alles mit großen Augen.

ASHER
kalbarri gut ich war noch nie da aber rosie sie sagte es sei ein fischerdörfchen mit ungewöhnlichen felsen in der nähe die leute hier sind byron-bay-leute klassische hippies in dem blauen vw-bus erinnern sie mich an rick und squizzy die mit mam und dad im regenbogenland gelebt haben echt gut dass sie uns mitgenommen

haben und noch besser dass sie keine fragen gestellt haben das kleine mädchen ist süß wie ein dicker kobold sieht sie aus wie sie wohl heißt aber sie kann einen vielleicht anstarren jetzt schiebt der typ eine kassette ein dylan desire geil ich vermisse meine kassetten rosie sieht wunderschön aus sogar mit ihren komischen kurzen haaren wenn sie lächelt spür ich es bis in die zehen jetzt schaut sie mich an ich zwinkere ihr zu und sie versucht zurückzuzwinkern süß die ganze nase kräuselt sich wann wir wohl da sind ich könnte mir was zwischen die kiemen schieben haben wir noch schokoladenfrösche nein mist wir haben sie alle aufgegessen ich könnte eine schüssel nudeln mit pesto und käse verdrücken

VERHÖR DURCH ANGEL

»Wie heißt du?«
»Rosie.«
»Oh. Und er?«
»Das ist Asher.«
»Ein Ascher zum Zigaretten ausdrücken?«
»Nein, nicht zum Zigaretten ausdrücken. Asher ist sein Name. Manche Leute nennen ihn nur Ash, aber das hat nichts mit einem Aschenbecher zu tun. Und wie heißt du?«
»Murgelmurtel.«
»Murgelmurtel?«
»Nicht in echt. Da heiß ich Angel.«
»Wie der Engel?«
»Ja, so heiß ich wirklich. Wie alt bist du?«
»Fünfzehn.«
»Oh. Und wie alt ist er?«
»Fünfzehn. Wie alt bist du?«
»Fünfzehn.«
»Hm, ich glaube nicht, dass du schon fünfzehn bist.«
»Warum nicht?«
»Weil du noch ziemlich klein bist. Fünfzehn ist so groß wie wir.«
»Aber ich bin ziemlich groß für vier. Das hat Star gesagt.«

»Star?«
»Meine Mammy. Star. Da vorne.«
»Oh.«
»Leo ist mein Daddy und Star ist meine Mammy. Wo ist deine Mammy?«
»In Perth.«
»Oh. Und was macht sie da?«
»Hm, ich weiß nicht genau. Vielleicht ... vielleicht schaut sie sich etwas im Fernsehen an.«
»Fernsehen ist blöd. Das hat Leo gesagt.«
»Aha.«
»Aber ich mag Fernsehen. Ich mag Zeichentrickfilme.«
»Welche magst du am liebsten?«
»Ich mag die mit Pferden und mit Feen und nicht so doofe mit Umbringen. Magst du solche?«
»Ja.«
»Oh. Ich auch.«

SPÄTNACHMITTAG / BEI KALBARRI / VORDERSITZE
»Fast geschafft.«
»Hmmm. Wir brauchen noch Milch und Brot. Wir können uns im Laden erkundigen, wie das im Nationalpark mit dem Campen ist. Und ich hätte nichts gegen eine schöne Tasse Kaffee, falls wir irgendwo eine auftreiben können.«
»Ich auch nicht. Was ist mit den beiden dahinten?«
»Was soll mit ihnen sein?«
»Sind sie von zu Hause abgehauen? Was meinst du?«
»Möglich. Sie sind noch sehr jung.«
»Sollen wir sie im Dorf einfach rauslassen?«
»Angel scheint sie zu mögen. Ich auch. Sie haben eine gute Ausstrahlung.«
»Meinetwegen können sie eine Nacht bei uns bleiben. Wenn sie allerdings von der Polizei gesucht werden, könnten wir eine Menge Ärger kriegen.«

»Eine Nacht ist bestimmt nicht weiter tragisch. Sie sehen irgendwie verloren aus.«
»Streunende Katzen und verlorene Seelen ... deine Spezialität.«
»Ach Leo, du bist doch selber so ein weichherziger Bär. Vielleicht wollen sie ja auch gar nicht. Vielleicht wollen sie hier oben bei Verwandten oder so übernachten.«
»Nö. Die haben was Wildes, Unbändiges an sich. Fragen wir sie einfach.«

»He, ihr zwei. Wir fahren in Bluff Knoll raus und bleiben dort über Nacht. Wollt ihr mitkommen?«
»Hm ... sehr gern. Oder, Rosie?«
»Ja, das wäre super. Das heißt, wenn es euch wirklich nichts ausmacht.«
»Bestimmt nicht. Je mehr, desto besser. Dann schauen wir mal, ob wir in diesem Städtchen hier irgendwo einen Cappuccino kriegen.«

SCHULDGEFÜHLE

Pippa Heke liegt lang ausgestreckt vor dem Fernseher und schaut sich »Die Nanny« an. Sie trägt ihre dunkelrote Chenillejacke und ihre weite, rosa Cordjeans und knabbert sich in gleichmäßigem Tempo durch eine Tüte Paprikachips. Das macht Durst. In der Küche klappert ihre Mutter beim Kochen laut mit dem Geschirr, Veras bevorzugte Methode, Pippa wissen zu lassen, dass sie, Pippa, bis zum Hals in der Tinte sitzt. Seit dem Anruf heute Morgen hat Vera nicht locker gelassen. Päng. Dong. Wumm. Ich weiß, dass du mir was verheimlichst, Mädchen. Rums. Bumm. Klirr. Die beiden können doch von einer Gefahr in die nächste stolpern, also sag besser gleich, was du weißt, Pippa Heke. Boing. Rappel. Pling. Die armen Eltern. Wie schrecklich für sie. Wenn du nicht die ganze Wahrheit gesagt hast, gibt's hier einen Riesenzoff, das steht fest. Päng. Boing. Rappel. Rums. Wumm. Klirr.

So langsam glaubt Pippa, dass ihre große Schwester Ruby Recht hatte. Sie hat immer gesagt, dass es »in großen grünen Buchstaben auf deiner Stirn steht, wenn du lügst«. Wieso wusste ihre Mutter immer, wenn sie log? Es war, als hätte sie einen unfehlbaren Lügendetektor. Als Asher das letzte Mal abgehauen ist, wollte er über die Nullarbor-Ebene nach Byron Bay, oder? Wenn er und Rosie das jetzt wieder versuchten, war das doch überaus logisch, oder? Nur, dass es selbst in ihren Ohren fadenscheinig und falsch geklungen hatte, als sie es ausgesprochen hatte. ›Die Nanny‹ gehört zu Pippas Lieblingssendungen, aber heute hat sie keinen Spaß an ihrem üblichen Sonntagabendluxus: herumliegen, an nichts denken und darauf warten, dass ihr das Abendessen serviert wird.

Fran trägt einen getigerten Rock und schwarze, hochhackige Schuhe.

Vielleicht sollte ich Mam doch die Wahrheit sagen?

Der Butler macht eine fiese Bemerkung zu der Sekretärin.

Vielleicht sind Rosie und Asher irgendwie in Gefahr?

Jetzt eine Rückblende in die Zeit, als Frans durchgeknallte Mutter sie zum Zelten nach Israel geschickt hatte.

Was ist, wenn Rosie und Asher ermordet werden wie damals die Anhalter in Neusüdwales?

Der Butler klaut seinem Chef ein Paar Manschettenknöpfe.

Wenn, dann wäre alles meine Schuld.

Die Sekretärin geht wütend raus.

»Aber ich habe es Rosie doch versprochen, hoch und heilig versprochen, dass ich ihnen helfe, eine falsche Spur zu legen.«

Fran hat mit Hilfe des Butlers und eines schlauen Drehbuchautoren wieder einmal das letzte Wort.

»Verdammter Mist, was zum Teufel soll ich bloß tun?«

Abspann. Vera bringt mit lautem Klapper-Crescendo das Abendessen auf den Tisch. Hackbraten auf Toast und stechende Blicke. Bäng. Klirr. Boing. Rums. Wumm. Wie lange hält Pip das noch aus?

卌 SONNTAGABENDARZNEI GEGEN DIE ANGST

Malvina hat es versucht mit:

1. Vier Ultra-Light-Zigaretten hintereinander
2. Einem Anruf bei Roger. Nicht zu Hause
3. Sara-Lee-Schokotraum-Eiscreme. Einen Viertel Becher mit dem Kaffeelöffel an der Spüle stehend gegessen
4. Einem heißen Bad mit Lavendel- und Rosenöl
5. Einem Käse-Sandwich mit Tomaten, Blattsalat und Gewürzgurke
6. Einem langen und wütenden Tagebucheintrag
7. Am Fenster stehen und Sterne zählen
8. Tief durchatmen
9. Joga-Entspannungsübung
10. Der Versicherung: »Alle sind unversehrt. Ich bin ganz ruhig.«
11. Einem Becher voll Weinbrand

WIE MALVINA SICH FÜHLT

Betrunken. Unwohl. Müde. Panisch.

卌 MOON-ARZNEIEN

Lily hat es versucht mit:

1. Einer Valium
2. Lautem Weinen
3. Einem Rückenstreichler von Robert
4. Vor der Glotze zappen
5. Ihre Hühnercremesuppe mit Toast nicht essen
6. Einem Anruf bei ihrer Schwester Melissa. Hat nichts geholfen
7. Einem Glas Chardonnay
8. Rosies Zimmer aufräumen
9. Harry fest in den Arm nehmen
10. Leisem Weinen
11. Einer Schlaftablette

WIE SIE SICH FÜHLT
Hungrig. Dösig. Benommen. Panisch.

BEI CASTLE ROCK / SONNTAGABEND
Asher sammelt Holz, trockene, helle Treibholzstücke. Leo bringt ein Feuer in Gang. Angel verkleidet sich als Murgelmurtel, indem sie sich einen grünen Samtrock umhängt und herumrennt und so laut sie kann »Alle haben Angst vor mir! Alle haben Angst vor mir!« ruft. Star kocht einen großen Topf voll scharf gewürzter Suppe. Rosie schneidet Käse und Vollkornbrot in Scheiben. Die Sonne geht als glühend roter Feuerball unter. Die Stadt liegt weit hinter ihnen und niemand hat Sehnsucht nach ihr. Die einzige Frage, die gestellt wird, lautet: »Möchte jemand Früchtekuchen?«, und die fünffache Antwort lautet: »Ja, bitte.«

SPÄTER / EINGEMUMMELT IN DIE SCHLAFSÄCKE
Rosie und Asher haben ihren silbernen Iglu neben dem Campingbus aufgestellt, so dass sie direkt auf die gewaltigen roten Klippen schauen können. Es ist frisch und stürmisch und sie hören die Wellen an die Felsen donnern. Der Sonnenuntergang hatte mit tosendem Rot begonnen, hatte dann zu verschwenderischem Orange gewechselt und war schließlich in einer ungeordneten Symphonie aus rosagoldenen Strähnen vor nachtblauem Hintergrund ausgeklungen. Jetzt hat die tiefe Schwärze der Nacht alle Farben verschluckt. Der schwache Lichtschein aus dem Campingbus, die gedämpfte Radiomusik und die Stimmen haben etwas Beruhigendes und es ist gemütlich, so eingekuschelt im Schlafsack, wieder allein nach dem Essen und der Unterhaltung und der stillen Träumerei am Lagerfeuer.

EINLEITUNG
»Rosie?«
»Hmm?«

»Magst du sie?«
»Star und Leo und Angel? Ja, sehr.«
»Gut, dass sie uns nicht gefragt haben, wo wir hinwollen oder so.«
»Das werden sie aber noch. Meinst du nicht auch?«
»Doch. Sie machen sich bestimmt ihre Gedanken.«
»Sollen wir ihnen die Wahrheit sagen?«
»Ich weiß nicht. Aber was sonst?«
»Wir könnten sagen, dass wir siebzehn sind und durch Australien trampen, von Jugendherberge zu Jugendherberge, und dass unsere Eltern wissen, wo wir sind.«
»Ich glaube kaum, dass sie uns das abnehmen.«
»Und was ist, wenn wir ihnen die Wahrheit sagen und sie uns verpfeifen?«
»Irgendwie glaub ich nicht, dass sie das tun würden.«
»Ich auch nicht. Sie wirken ziemlich nett.«
»Sollen wir's ihnen dann einfach sagen, falls sie fragen?«
»Ist wohl das Beste.«
»Asher?«
»Was?«
»Ich hab mir den ganzen Tag überlegt ...«
»Was überlegt?«
»Wegen dem Küssen.«
»Dem Küssen?«
»Ja, ob wir's wohl machen.«
»Oh. Und?«
»Ich hab mich entschieden.«
»Entschieden?«
»Dass wir es machen sollten. Wenn du es willst.«
»Aha.«
»Und, willst du?«
»Dich küssen?«
»Ja.«
»Ja.«

DAS

Das Rascheln von Schlafsäcken. Das Rasen von Hormonen. Das Klopfen von Herzen. Das Aufeinandertreffen von Lippen. Das Berühren von Zungen. Das Schlagen von Wellen. Das sanfte Schlummern zweier müder Tramper.

PIPPAS TRAUM

Er duftet nach Schokoladenkuchen und Patschuliöl und ist nicht in Farbe, aber auch nicht in Schwarzweiß. Eher wie ein Tuschetraum, bräunlich wie eine vergilbte Fotografie, und er fängt ganz harmlos an. Sie und Rosie schwimmen, nicht im Meer, sondern in einem Fluss, einem zügig dahinfließenden Fluss mit sanft gerundeten Ufern und klarem Wasser, wie der, in dem sie als Kind in Neuseeland gespielt hat. Sie tragen komische, altmodische gepunktete Badeanzüge mit Rüschen und Röckchen wie damals in den Fünfzigern und sie tollen herum, bespritzen sich mit Wasser und lachen und ihr Lachen ist leicht wie Schaum und schwebt hinauf zum Himmel. »Gleich kommt Asher mit seinem Motorrad«, sagt Rosie, was irgendwie einen verschwommenen Sinn ergibt. Und dann spürt sie das Knabbern. Ein Schwarm kleiner Fische kneift und beißt ihnen in die Knöchel und dann kommen noch mehr Fische und noch mehr und noch mehr. Zu viele Fische mit winzigen, unangenehmen Zahnreihen und das Flussufer scheint weit entfernt zu sein, zu weit, um es zu erreichen. Pippa wacht auf, ganz verheddert in ihre grüne Satin-Steppdecke.

MONTAGMORGEN AUF DEM POLIZEIREVIER

In einem kleinen, grauen Zimmer des Polizeipräsidiums von Perth gibt Polizeimeister Geoffrey Bannister die Vermisstenanzeige in den zentralen Polizeicomputer ein. Er ist erst seit sehr kurzer Zeit Polizeimeister und gilt nicht unbedingt als Intelligenzbestie, weshalb man ihn jede Menge Papierkram erledigen lässt. Kein Wunder, dass er seinen Job unendlich langweilig findet. Asher Bodhi Fielder, tippt er, nein, verflixt, das muss Fielding heißen. 15 Jahre alt. Langes, dunkles Haar, Rastalocken. Größe, Gewicht, unveränderliche Merkmale: keine, bla, bla, bla. Rosemary, verflixt, Rosie Elizabeth Moons, mach das s wieder weg, 15 Jahre alt, langes, dunkles Haar, Größe, Gewicht, unveränderliche Merkmale, Nasenring – die beiden könnten Zwillinge sein. Platz lassen für die Fotos, F2 und Enter drücken. An alle Polizeiposten zwischen Perth und Adelaide sowie an alle Posten an der Ostküste. Besondere Schwerpunkte: Sydney und Byron Bay. F8 drücken, speichern und Escape. Gott sei Dank ist es jetzt Zeit für ein Tässchen Kaffee, ein Brötchen und ein Zigarettchen. Für Recht und Ordnung zu sorgen ist eine echte Herausforderung.

MONTAGMORGEN BEI DEN MOONS

Robert ist zur Arbeit gegangen. Er kommt sich irgendwie schlecht dabei vor, aber was nützt es, zu Hause zu bleiben. Lily und er sind vernünftig. Das Leben muss weitergehen. Lily hat Harry mit einem festgefrorenen Lächeln zur Schule gefahren und sitzt jetzt am Küchentisch und schiebt die Rosenblätter hin und her, die auf die glänzende Tischplatte gefallen sind. »Falls sie zurückkommt«, denkt sie, »nein, wenn sie zurückkommt … wenn sie zurückkommt, wird alles anders. Ich will sie öfter in den Arm nehmen und weniger an ihr herumnörgeln. Ich will sie lieben und ehren und ihr einen Rubin für ihre Nase kaufen. Ich will mich in den Staub werfen und ein Halleluja singen, wenn es das ist, was wir zum Glücklichsein brauchen. Ich will mich nicht mehr über jede Kleinigkeit aufregen und ich will versuchen daran zu denken, dass das meiste Kleinigkeiten sind. Falls sie zurückkommt. Wenn sie zurückkommt. Falls sie zurückkommt.«

MONTAGMORGEN / BLUFF KNOLL / KALBARRI

Es gibt nichts Besseres als eine große Schüssel Porridge zum Frühstück. Eine große Schüssel Porridge mit Rosinen, die durch das Aufkochen rund und saftig geworden sind. Eine große Schüssel rosinengespicktes Porridge mit schmalen Honigstreifen drauf und darüber noch einen Hauch gerösteter Mandelblättchen, die jedem Bissen einen köstlich nussigen, knusprigen Beigeschmack geben. Eine große Schüssel heißes, nussiges Rosinenporridge mit schmalen Honigstreifen und einem großen Klecks sahniger Sojamilch, verspeist an einem glimmenden Lagerfeuer, während die Sonne einem den Rücken wärmt. Eine Schüssel Porridge und eine Tasse dampfenden Tee und ein verbindendes Schweigen und ein neuer, junger Tag, der verheißungsvoll vor einem liegt. Dreißig Kilometer von der Stadt entfernt. Eine Million Kilometer von dem Leben entfernt, das man hinter sich gelassen hat.

GESTÄNDNIS

»Na, wo wollt ihr jetzt eigentlich hin?«

»Eigentlich nirgendwohin.«

»Nirgendwohin?«

»Na ja, nach Norden. Wir wissen es nicht genau. Broome vielleicht. Wir haben nur ungefähr eine Woche Zeit, dann müssen wir wieder zurück.«

»Zurück nach Perth?«

»Ja.«

»Wissen eure Eltern, wo ihr seid?«

»Eigentlich nicht.«

»Das wird ja immer geheimnisvoller. Wollt ihr uns nicht sagen, was Sache ist?«

»Wenn ihr wollt. Es ist ein bisschen kompliziert.«

»Dann mach ich uns wohl besser noch eine Kanne Tee.«

MONTAGMORGEN / LEHRERZIMMER / BIRCH-STREET-HIGHSCHOOL

Nachdem sie bei Mr. McKenna war und ihm mitgeteilt hat, dass die Brieftasche wieder aufgetaucht ist, geht Mrs. Hyde ins Lehrerzimmer. Der letzte Mensch, dem sie jetzt begegnen will, ist

Tim Epanomitis, aber ausgerechnet der sitzt da, schlürft seinen Kaffee und hat sich wie üblich die Zeitung gekrallt. Sie findet ihn wirklich widerlich. Hat ständig etwas zwischen den Kiemen, irgendeine Kalorienbombe, und ist dabei dünn wie ein Hering. Was ist es denn heute Morgen? Sieht aus wie eine Schokoladenschnitte, fett und schön feucht und schokoladig, der Mistkerl. Sie würde alles tun um zu verhindern, dass er von ihrem Irrtum bezüglich der Brieftasche und Asher erfährt. Aber Mr. McKenna wird in der großen Pause das Kollegium davon unterrichten und sie denkt, es könnte ihre Schuld ein wenig abmildern, wenn sie in den sauren Apfel beißt und Ashers Fürsprecher die Geschichte selber erzählt.

»Hallo, Tim«, begrüßt sie ihn.
»Hallo, Wendy. Schönes Wochenende gehabt?«
»Ja, danke. Es ist sogar etwas ziemlich Wichtiges passiert.«
»Ach ja?«
»Mein Mann hat meinen Wagen gewaschen und dabei meine Brieftasche gefunden. Sie war unter dem Fahrersitz festgeklemmt. Sie muss mir am Freitagmorgen aus der Tasche gerutscht sein. Ich kann sie also in der Schule überhaupt nicht mehr gehabt haben, obwohl ich mir so sicher war.«
»Sie haben die Brieftasche gefunden?«
»Ja, und ich habe wirklich ein schlechtes Gewissen deshalb. Mr. McKenna und ich gehen gleich in der ersten Stunde zu Asher, entschuldigen uns und geben unseren Irrtum zu.«
»Das dürfte schwierig werden.«
»Warum?«
»Ich hatte gerade einen Anruf von Malvina Fielding, Ashers Mutter. Er und Rosie Moon sind von zu Hause weggelaufen, über die Nullarbor-Ebene Richtung Osten. Seit Freitagabend hat sie niemand mehr gesehen. Die Sache ist ziemlich ernst, die Polizei ist eingeschaltet, der ganze Apparat. Es muss ziemlich schwer für ihn gewesen sein sich hier einzugewöhnen, kaputte Familie,

neue Schule, was eben so dazu gehört. Die Anschuldigung hat das Fass offenbar zum Überlaufen gebracht.«
»Oh, mein Gott.«
»Setzen Sie sich, Wendy. Wenn Sie jetzt hysterisch werden, hilft das auch niemandem weiter. Hier, nehmen Sie eine Schokoladenschnitte.«

TANZ AUF DEN FELSEN / IRGENDWANN AM MONTAG
»Mein Gott, Leo, ist das herrlich hier.«
»Faszinierend, nicht wahr? Die Färbung der Felsen ist einfach wunderschön.«
»Mmmm. Dann sind sie also tatsächlich von zu Hause weggelaufen. Hab ich mir gleich gedacht.«
»Ja. Aber nett sind sie. Kuck doch, wie sie da drüben mit Angel herumtoben – wie drei ausgelassene Fohlen.«
»Es wäre eine Schande, wenn wir sie zurückschicken würden.«
»Aber ganz schön riskant, es nicht zu tun.«
»Vielleicht auch nicht. Nach dem, was sie erzählt haben, sucht sie hier oben keiner.«
»Stimmt.«
»Wenn wir sie also eine Weile unter unsere Fittiche nehmen würden, bis sie wieder zurückmüssen, würde niemand etwas erfahren.«
»Das ist zwar nicht besonders vernünftig, aber was soll's. Es schadet ja niemandem.«
»Sie hätten ein wenig Freiraum. In dem Alter ist das Leben hart. Es wäre irgendwie kosmisch ihnen zu helfen.«
»Sollen wir?«
»Ja, lass sie noch eine Weile Zigeuner spielen. Warum auch nicht?«

GESPRÄCH MIT ANGEL
»Dann kommt ihr also mit uns?«
»Ja, für eine Woche.«

»Wievielmal schlafen ist eine Woche?«
»Siebenmal. So viele Finger.«
»Gut. Ich mag euch und Murgelmurtel mag euch auch. Gehen wir nach Broome?«
»Nein. Wir hatten es eigentlich vor, aber es ist viel zu weit. Leo hat es uns auf der Landkarte gezeigt und bis wir in Broome wären, müssten wir ganz, ganz oft zwischendurch schlafen. Ihr fahrt später irgendwann hin. Wir bleiben alle noch ein paar Nächte hier und dann fahren wir nach Monkey Mia und schauen uns die Delphine an.«
»Gibt es da auch Affen?«
»Nein, nur Delphine. Und Menschen und Fische, nehme ich an.«
»Warum heißt es dann Monkey Minor?«
»Monkey Mia. Aber keine Ahnung. Weißt du das, Ash?«
»Nö, aber vielleicht kriegen wir's raus, wenn wir dort sind.«
»Wollt ihr meine Schätze sehen?«
»Ja, gern. Du doch auch, Ash, oder?«
»Klar. Wo hast du denn deine Schätze?«
»In meiner Spezialdose.«
»Und wo hast du deine Spezialdose?«
»In meiner großen Tasche, du Dummkopf.«
»Dann komm und zeig sie uns.«

EINE BLECHDOSE VOLLER SCHÄTZE

3 glitzernde Engelsbilder
1 große, rote, marmorierte Murmel
2 leicht zerdrückte Smarties, ein rotes und ein gelbes
Ein 100-Dollar-Schein in Monopoly-Währung
Eine silbrig schimmernde, grünblaue Papageienfeder
Ein Stück schwarzer Satin mit einer aufgestickten Mohnblume
Eine vertrocknete Eidechse
Ein Mighty-Morph-Power-Ranger (Aisha) ohne Kopf

PIPPA IN DER MITTAGSPAUSE

»Hallo, Pip.«
»Hallo, Emma.«
»Wo ist Rosie?«
»Sie ist... sie ist nicht da heute.«
»Das seh ich selber, du Dumpfbacke. Also, wo ist sie? Ist sie krank oder was?«
»Nein, krank ist sie nicht. Sie ist... verreist.«
»Mit ihren alten Herrschaften?«
»Nein.«
»Mit wem dann?«
»Mit Asher, wenn du es genau wissen willst.«
»Du machst Witze, oder?«
»Das ist kein Witz.«
»Verreist... wie, abgehauen?«
»Könnte schon sein.«
»Und wo sind sie hin?«
»Mein Gott, Emma, woher soll ich das wissen? Lass mich in Frieden, ja?«
»Du brauchst nicht gleich pampig zu werden. Du bist schließlich ihre beste Freundin. Man wird ja wohl noch fragen dürfen.«
»Ja, schon. Es ist nur... es ist ein wenig kompliziert, das ist alles.«
»Kompliziert?«
»Pass auf, ich will nicht darüber reden, ja? Wenn ich ehrlich bin, macht es mich nämlich ziemlich fertig.«
»Sind sie vielleicht in Sydney oder so?«
»Emma!«
»Ja, ja. Wahnsinn, abgehauen mit Asher. Das ist vielleicht ein Ding. Ich hab nicht mal gewusst, dass sie miteinander gehen.«
»Was für ein bescheuerter Ausdruck. Miteinander gehen. Sie sind Freunde, mehr nicht.«
»Aber klar doch, sicher. Nur Freunde. Wer's glaubt, wird selig. Hoffentlich haben sie Kondome dabei.«

»Emma, halt die Klappe!«

»Was ist denn dabei? Noch nie was von ›Safer Sex‹ und so gehört? Aber vielleicht nimmt sie ja auch die Pille. Susanne Drover nimmt sie auch. Ihre Mutter hat sie ihr besorgt.«

»Das beruhigt mich ungemein.«

»Mannomann, das ist vielleicht ein Ding. Wissen es die Lehrer schon?«

»Wahrscheinlich, aber ich bin mir nicht sicher.«

»Das muss ich gleich den anderen erzählen. Es ist doch kein Geheimnis oder so?«

»Das nicht gerade. Aber du brauchst es auch nicht an die große Glocke zu hängen. Und sag bitte nicht, sie würden miteinander gehen, ja?«

»Aber sie sind nach Sydney, oder?«

»Ich glaube ... schon möglich.«

»Das ist ja irre. Wow! Isst du das Brötchen noch oder nicht?«

»Was? Ach so. Nein. Ich hab keinen Hunger.«

»Kann ich es haben? Ich hab mein Mittagessen daheim vergessen.«

»Klar. Hier, bitte.«

»Du kannst mir nicht zufällig einen Dollar leihen?«

»Nein.«

»Mist. Jetzt wär 'ne Cola nicht schlecht.«

NACH DER MORGENDLICHEN TEEPAUSE

Polizeimeister Geoffrey Bannister träumte bei seinem Tee – mit Milch und zwei Stück Zucker – und seinen von der Dienststelle gestifteten Keksen vor sich hin. Die Zigarette, die er vor der Haustür geraucht hatte – im ganzen Gebäude ist Rauchen verboten –, hatte eklig geschmeckt. Er sollte wirklich aufhören, das wusste er, aber das Nikotin hatte ihn noch in den Klauen. Aus der offiziellen Zehn-Minuten-Pause war eine Viertelstunde geworden, bis Inspektor Parry ihn mit giftigen Blicken bedachte, und ihm war nichts anderes übrig geblieben, als sich wieder an die Arbeit zu machen. Wenn er bloß noch wüsste, was als Nächstes dran war.

»Bannister?«

»Jawohl, Inspektor?«

»Diese Fotos lagen in meinem Fach. Die beiden Jugendlichen, für die Sie heute Morgen die Vermisstenanzeige geschrieben haben. Scannen Sie die Fotos ein und schicken Sie die Anzeige raus, an sämtliche Posten zwischen hier und Adelaide und die ganze Küste hinauf bis Byron Bay.«

»Okay, aber ... «

»Ja, was gibt's noch?«

»Ich hab nur gerade gedacht, also, wenn sie jetzt gar nicht diese Richtung genommen haben? Ich meine, was ist, wenn sie immer noch in Perth sind oder unten am Margaret River oder so?«

»Sie werden hier nicht fürs Denken bezahlt, Bannister. Die beste Freundin des Mädchens hat gesagt, sie wollten nach Osten. Ich schätze, sie ist eine ziemlich verlässliche Quelle. Aber da Sie sich anscheinend unbedingt in die Sache reinhängen wollen – wie wär's mit ein paar Nachforschungen? Als der Junge das letzte Mal abgehauen ist, hat er den Sieben-Uhr-Bus nach Adelaide genommen. Sie könnten sich mal beim Fahrer erkundigen, nur sicherheitshalber, mal hören, ob er sich an die beiden erinnert, die Raststätten an der Strecke anrufen, schauen, ob Sie ihre Spur verfolgen können. Die Sache hat nicht unbedingt die höchste Dringlichkeitsstufe, aber wir sollten uns darum kümmern und ich habe um eins eine Sitzung, die den ganzen Nachmittag dauern kann. Okay?«

»Verstanden.«

»Gut, dann machen Sie sich an die Arbeit.«

ROSIES TAGTRÄUME

Welcher Tag ist heute? Muss wohl Montag sein. Wir sind erst seit Freitag weg und ich hab das Gefühl, als sei es eine Ewigkeit. Hier ist es super, diese bizarren roten Felsen sehen aus wie eine Landschaft aus einer längst vergangenen, primitiven Welt, als man noch nicht einmal wusste, was Städte sind. Ich kann mich gar nicht mehr erinnern, dass es so ausgesehen hat, aber vielleicht waren wir ja auch gar nicht hier. Es ist wunderbar, hier in der Sonne zu liegen. Ich bin eine Eidechse. Eine große Eidechse in einem Regenbogenkleid mit schmutzigen Füßen und einem rätselhaften Lächeln. Bald helfe ich Ash und Angel die Hütte zu bauen, aber im Moment will ich einfach nur faul sein. Mir gefällt es hier, so mitten in der Pampa, auch wenn ich mich bald mal wieder waschen muss, das steht fest. Star hat gemeint, ich könnte die Solardusche benutzen, wenn ich will. Sie und Leo sind so nett, so locker, nicht wie Mam. Scheiße, hätte ich nur nicht an sie gedacht. Plötzlich hab ich wieder diesen Knoten im Bauch. Ich will das hier nicht aufgeben ... es ist was ganz Besonderes hier, ich und Asher und Star und Leo und die lustige kleine Angel, aber ein bisschen Heimweh hab ich doch auch. Ich würde gern wissen, was sie Harry erzählt haben, wie es Pip geht ... au weia, die sitzt jetzt in Geschichte. Ich wette, sie vermisst mich. Ich vermisse sie auch. Ich wünschte, sie wäre hier. Aber so hab ich ihr jede Menge zu erzählen, wenn ich zurückkomme. Zum Beispiel über gestern Abend. Den Kuss. Den Kuss. Den supersüßen Kuss.

BAUEN

»Hier, du kleines Hühnchen, halt das mal fest, dann kann ich die hier zusammenbinden und fertig ist das Dach.«
»Alles claro, caro.«
»So, fertig ist das Hexenhaus.«
»Das ist kein Hexenhaus, das ist ein Murgelmurtel-Haus.«
»Ein Murgelmurtel-Haus?«
»Ja, Dumpfbacke.«
»Selber Dumpfbacke. Aber wie kommt's, dass ich das Fräulein Murgelmurtel noch nicht gesehen habe?«

»Sie ist kein Fräulein, sie ist eine böse Prinzessin. Und du kannst sie sowieso nicht sehen.«
»Warum nicht?«
»Weil bloß ich sie sehen kann.«
»Hm ... also eine böse Prinzessin?«
»Ja, manchmal ist sie böse.«
»Was tut sie dann?«
»Sie isst alle Lutscher auf und sie sieht die ganze Zeit fern und sie sagt zu den Leuten Brokkoli-Hirn und Arschgesicht.«
»Wirklich allerhand. Und was tut sie, wenn sie gerade nicht böse ist?«
»Dann tanzt sie und spielt mit mir.«
»Das hört sich gut an. Aber warum kann ich sie nicht sehen?«
»Na ja, ich weiß nicht. Vielleicht kannst du's ja eines Tages. Wenn ... «
»Wenn was?«
»Ich weiß nicht. Wenn du still bist.«

ERGEBNISLOSE NACHFORSCHUNGEN

»Hallo, spreche ich mit Mr. Frederick Saunders?«
»Ja.«
»Hier ist Wachtmeister Bannister von der Vermisstenstelle im Polizeipräsidium Perth. Man hat mir bei Greyhound Pioneer Ihre Telefonnummer gegeben. Vielleicht können Sie mir bei einer Fahndung, die wir im Moment laufen haben, helfen. Es handelt sich um zwei Teenager.«
»Klar, fragen Sie ruhig.«
»Haben Sie am Freitagabend um sieben den Bus von Perth nach Adelaide gefahren?«
»Hab ich.«
»Das Pärchen, nach dem wir suchen, ist fünfzehn Jahre alt, ein Junge und ein Mädchen, beide relativ groß, langes, dunkles Haar. Der Junge hat Rastalocken, das Mädchen einen Nasenring. Kommt Ihnen das irgendwie bekannt vor?«

»Nein, die waren nicht im Bus. Ausgeschlossen.«
»Sind Sie da ganz sicher?«
»Ja, ich würde mich an sie erinnern. An diese Fahrt ohnehin. Wir hatten nämlich in Northam eine Panne. Die Fahrgäste mussten aussteigen und wuselten in der Wartezeit alle durcheinander oder tranken im Rasthaus einen Kaffee. Meist ältere Leute, ein paar Familien, ein hellblonder Rucksacktourist aus Deutschland oder Österreich oder so. Ganz bestimmt keine zwei dunkelhaarigen Teenager. Nicht in diesem Bus.«
»Aha. Na dann, vielen Dank für Ihre Hilfe.«
»Keine Ursache.«

MONTAG NACH DER SCHULE

»Was ist los mit dir, Mädchen? Du machst ein Gesicht wie sieben Tage Regenwetter. Gleich hol ich uns einen Schirm.«
»Alles okay, Mam.«
»Komm mir nicht mit ›Alles okay‹, Pippa Heke. Was ist los? War irgendwas in der Schule?«
»Nein, eigentlich nicht. Es ist nur ... «
»Was nur?«
»Rosie. Sie fehlt mir.«
»Das kann ich gut verstehen. Gab's denn sonst niemand, mit dem du die Pause hättest verbringen können?«
»Mittags war ich mit Emma zusammen. Aber ... aber es war nicht dasselbe.«
»Es ist ja nicht für ewig. Sie sind bald wieder da und dann heißt es die Suppe auslöffeln. Lily hat heute Nachmittag angerufen. Anscheinend hat Rosie sich gestern bei ihnen gemeldet. Sie waren weg, aber sie hat auf den Anrufbeantworter gesprochen.«
»Was hat sie gesagt?«
»Dass sie in ein paar Wochen wieder zurückkommen. Dass die Herrschaften diese ›Auszeit‹ bräuchten und dass der Junge nichts geklaut hätte.«

»Hat er auch nicht. Mrs. Hyde hat ihre Brieftasche in ihrem Wagen gefunden. Kannst du dir das vorstellen? Sie haben es heute offiziell im Lehrerzimmer mitgeteilt und Mr. Epanomitis hat es seiner Klasse gesagt und Thomas hat es Amy gesagt und Amy mir. Mam, was passiert mit ihnen?«
»Wie meinst du?«
»Wenn sie zurückkommen? Passiert ihnen irgendwas?«
»Das weiß ich nicht. Dass ihnen einer gehörig den Kopf wäscht, das sollte passieren. Rosie kriegt wahrscheinlich ungefähr tausend Jahre Stubenarrest.«
»Aber sie werden nicht in ein Heim gesteckt oder so?«
»Das bezweifle ich. Rosie nicht, das glaube ich nicht. Bei dem Jungen ... er ist immerhin schon zum zweiten Mal weggelaufen, da liegt die Sache etwas anders. Das Jugendamt könnte meinen, dass seine Mutter nicht mit ihm zurechtkommt. Allein erziehend und so.«
»Aber das ist doch Quatsch!«
»Du weißt das und ich weiß das, aber wir machen die Gesetze nicht, meine Süße. Hast du heute Abend noch Hausaufgaben zu erledigen?«
»Nein. Ich muss morgen einen Hut mit in die Schule bringen für die Theater-AG. Wir sollen verschiedene Charaktere darstellen.«
»Welchen willst du nehmen?«
»Kann ich deinen Strohhut haben, den mit den Blumen?«
»Kannst du, aber ja nicht verlieren!«
»Bestimmt nicht.«
»Pip?«
»Was?«
»Wolltest du mir sonst noch etwas sagen?«

TUT SIE'S ODER TUT SIE'S NICHT

Pippa Heke hat sich in ihr Zimmer verkrochen und liegt jetzt zwischen ihrer Sammlung merkwürdiger Stofftiere ausgestreckt auf ihrem Bett. Da gibt es ein rotes Samtzebra, einen einäugigen Tiger, einen Troll mit grünen Haaren, Daisy Duck, die eigentlich eine Wärmflaschenhülle ist, und drei Bären, die allesamt Rupert heißen. Und mittendrin liegt ein besorgtes Mädchen mit einem Rubinstecker in der Nase und blauen Haaren, die sie mit glibbrigem Kokosnussgel an den Kopf geklebt hat. Sie trägt einen eng anliegenden Häkelpulli in Rosa und Blau und hellblaue Schlaghosen und sucht verzweifelt eine Antwort auf die beiden Fragen, die ihr auf parallelen Schienen ständig durch den Kopf rasen. Die eine lautet: Soll ich mir den Bauchnabel piercen lassen? und die andere: Soll ich die Wahrheit über Rosie sagen?

»Mein Gott, fast hätte ich es getan. Wenn nicht genau in dem Augenblick das Telefon geläutet hätte, wär ich bestimmt damit herausgeplatzt.«
»Ob es mehr wehtut als damals, als ich mir die Nase hab durchstechen lassen?«
»Mum weiß, dass ich etwas weiß, und sie wird mir keine Ruhe lassen. Sie ist listig wie eine Schlange, diese Frau. Weiß genau, wann sie zuschnappen muss.«
»Angela hat es machen lassen, aber das Ding kam immer wieder raus.«
»Dieser Traum. Ich mach mir jetzt richtig Sorgen.«
»Ob es unangenehm an den Kleidern reiben würde? Ich kann mir vorstellen, dass es mit Jeans ganz schön lästig wird.«
»Meine Großmutter war überall als berühmtes Medium bekannt. Vielleicht bin ich auch eins. Vielleicht versucht das Universum mich vor irgendetwas zu warnen?«
»Im Moment hab ich ohnehin keine fünfzehn Piepen, vielleicht lass ich es dann erst mal noch für ein oder zwei Wochen.«
»Vielleicht mach ich mir aber auch nur Sorgen um nichts. Wahrscheinlich haben sie jede Menge Spaß.«
»Hey, aber ich könnte mir ja was in meine Augenbraue machen lassen. Wie das wohl aussehen würde?«

»Ich hab versprochen, dass ich nichts sage. Ich hab's versprochen.«
»Ich werd mir erst mal was zu essen holen und fernsehen. Ich kann mich jetzt nicht entscheiden, weil ich Hunger habe und weil es zu viel Stress ist.«

GLÜCK

Sie spielten mit viel Geschrei Verstecken.
Sie aßen Risotto mit Käse, Tomaten und Basilikum.
Sie angelten von den Felsen aus und fingen einen Lederriemen.
Sie bauten Kartenhäuser. Leo war der Beste.
Sie spazierten über die Felsen und wurden von der Gischt nass gespritzt.
Sie hatten am Nachmittag Pfannkuchen mit Honig.
Sie sahen einen Regenbogen, einen ganz zarten, über dem Wasser.
Star stickte ein wenig, rote Blumen auf weißer Baumwolle.
Leo las ›Zen-Bewusstsein für Anfänger‹.
Rosie und Angel malten böse Prinzessinnen.
Asher spielte Blues auf Leos Gitarre.

ASHER

gute gitarre besser als meine ich weiß noch wie ich sie gekriegt hab sie hat vorher mitchell gehört dad und ich haben sie hergerichtet wir haben sie mit schmirgelpapier abgeschliffen das hat ewig gedauert dann haben wir sie lackiert und sie war wieder glänzend und wie neu die tasche und das band dazu hab ich zum geburtstag bekommen geburtstag geburtstag oh scheiße nein das darf doch nicht wahr sein ich glaube mam hat am fünfundzwanzigsten geburtstag mist das muss bald sein ich muss mit rosie reden verflixt und zugenäht arme mam jetzt wo die erste aufregung mit dem abhauen vorbei ist muss ich zugeben dass ich ein schlechtes gewissen habe weil ich zum zweiten mal die biege gemacht habe am freitag kam's mir noch richtig vor aber jetzt hab ich kein gutes gefühl mehr mam wird sich sorgen machen und fix und fertig sein vor allem an ihrem geburtstag die geburtstage waren immer schön zum beispiel der als dad versucht hat einen kuchen zu backen und der auch gut aussah aber grässlich schmeckte weil er kreativ sein wollte und alle möglichen gewürze reingetan hatte und jede menge kümmelkörner und mohnsamen aber den vögeln hat er geschmeckt und als wir dann im lotus café stattdessen schokoladenkäsekuchen gegessen haben und mam rundum glücklich war weil dad sich so viel mühe gegeben hatte mams geburtstag was mach ich bloß dreimal scheiße scheiße weggehen ist eine sache aber jetzt wieder zurückgehen wird noch mal eine ganz andere

GEOFFREY BANNISTER ZIEHT ALLE REGISTER

Acht Raststätten später und kein bisschen schlauer. Dazwischen drei Zigaretten, zwei Tassen Kaffee und eine Fleischpastete und er tappt immer noch im Dunkeln. Eine Dose Pepsi und ein Anruf bei dem Mann von der Fruchtfliegeninspektion in Eucla und immer noch nichts. Es machte einfach keinen Sinn. Wenn die beiden Hohlköpfe am Freitagabend losgezogen wären, hätte sie doch inzwischen jemand sehen müssen, oder? Vielleicht war er ja nicht Albert Einstein, aber das ergab keinen Sinn. In der Ausbildung hatte man ihnen beigebracht, dass gute detektivische Arbeit aus gesundem Menschenverstand, harter Arbeit und Intuition besteht. Und da sagt dieser Parry, er würde nicht fürs Denken bezahlt! Da setzt er nun nach besten Kräften seinen gesunden Menschenverstand und seine Intuition ein und was ist der Dank dafür? Er wird angeblafft. Also ehrlich, ein Auffrischungskurs in moderner Polizeiarbeit würde Parry gewiss nicht schaden.
Herrje, wie die Zeit vergeht! Schon Viertel vor vier. Am liebsten würde Geoffrey seinen Schneesturm-Briefbeschwerer auf den Papierberg knallen, verschwinden und dem ganzen verdammten Mist bis morgen den Rücken kehren. Aber zum Glück gibt

es noch eine andere Methode, um die langweiligen beigen Wände dieses Zimmers hinter sich zu lassen. Siebeneinhalb Minuten später starrt Geoffrey glücklich ins Nichts und spinnt wunderschöne Gedanken um Rachel, die nette, freundliche Empfangsdame im ›Body Club‹, als das Telefon läutet.

»Bannister?«
»Ja, Inspektor.«
»Tut mir Leid, dass ich es nicht mehr ins Büro geschafft habe. Wieder so eine nutzlose Besprechung wegen der Umstrukturierung. Ein Haufen Geschwafel und heiße Luft. Haben Sie in der Vermisstensache was rausgekriegt?«
»Nein. Überhaupt nichts. Sie waren nicht im Bus, das steht fest, und auch auf den Raststätten hat sie keiner gesehen.«
»Okay. Dann wenden Sie sich jetzt an den ›West Australian‹ und an die Nachrichtenredaktionen der Fernsehsender. Eine kleine Geschichte auf der morgigen Titelseite und heute Abend noch ein paar Takte in den lokalen Abendnachrichten, wenn das noch geht. Zeitlich müsste es zu schaffen sein, wenn Sie sich beeilen. Versuchen Sie es.«
»Und die Fotos?«
»Scannen Sie sie noch einmal ein und stellen Sie sie ins Internet. Liz von der Öffentlichkeitsarbeit kann Ihnen zeigen, wie das geht, falls Sie Hilfe brauchen. Machen Sie aber klar, dass wir keinen Mordverdacht haben, sondern lediglich zwei Ausreißer suchen. Trotzdem sollten wir sie finden ... die Welt ist einfach zu gefährlich. Verdammt leichtsinnig, diese Kinder.«

SONNENUNTERGANG / ROSIE DUSCHT

Jetzt geht's mir wieder gut. Ich fühle mich wie neu geboren, frisch und sauber. Toll, dass ich die Solardusche benutzen konnte. Asher hat sich mit einem halben Eimer kaltem Wasser begnügt, aber mir ist es lieber, wenn die Sonne es angewärmt hat. Kurzes Haar hat man so schnell gewaschen. Ich wringe mein Kleid aus und hänge es übers Zelt zum Trocknen. Ach, ich hole mir doch lieber von Star eine Wäscheklammer, sonst wird es womöglich über Nacht weggeweht. Es ist so windig hier. Vielleicht hätten wir mit den anderen zum Schwimmen gehen sollen, aber ich bin so faul. Morgen fahren wir weiter nach Monkey Mia und es war schön jetzt einfach noch ein bisschen Zeit zu vertrödeln. Was soll ich anziehen? Die gute alte Jeans und den schwarzen Pullover und einen Spritzer Parfüm. Jetzt rieche ich gut. Okay. Fertig. Jetzt helfe ich Asher beim Holzsammeln.

DER AUGENBLICK DER WAHRHEIT

»Besser?«

»Und ob! Es ist ein super Gefühl, wieder mal sauber zu sein.«

»Ja.«

»Und morgen geht's nach Monkey Mia.«

»Ja.«

»Ist alles in Ordnung, Asher?«

»Warum fragst du?«

»Du wirkst irgendwie geknickt.«

»Wenn ich ehrlich sein soll, ich hab mich gefragt, ob wir nicht nach Perth zurücksollten, anstatt morgen mit Star und Leo nach Monkey Mia zu fahren.«

»Was? Wieso?«

»Ich hab plötzlich das Gefühl, dass weiterfahren nicht richtig ist. Ich hab drüber nachgedacht. Ich hab ein ziemlich schlechtes Gewissen wegen meiner Mutter. Ohne meinen Dad ist das bestimmt ganz schlimm für sie.«

»Mhm.«

»Mir ist da plötzlich was eingefallen ... sie hat bald Geburtstag. Nächste Woche, glaub ich.«

»Wow. Du willst also morgen wieder zurück, nicht weiter nach Norden?«

»Ich glaube, ja. Ich meine, zurückgehen ist schlimm, aber noch weiter weggehen ist noch schlimmer.«

»Ja. Es ist nur ...«
»Nur was?«
»Bei mir ist die Hölle los, wenn ich zurückkomme, das kannst du dir überhaupt nicht vorstellen. Wahrscheinlich dürfen wir uns dann nicht mehr sehen und überhaupt nichts. Meine Mutter ist da knallhart, das kannst du mir glauben.«
»Meinst du nicht, dass wir vielleicht weniger Ärger kriegen, wenn wir früher zurückkommen?«
»Vielleicht. Nein, du kennst meine Mutter nicht. Sie ist ... also, wenn sie sich wegen irgendetwas Sorgen macht, macht sie sich nicht nur Sorgen, sie wird hysterisch. Wenn Dad zum Beispiel später nach Hause kommt und sie glaubt, er hat einen Unfall gehabt, sagt sie nicht: ›Ich bin froh, dass du da bist; ich hab mir nämlich schon Sorgen gemacht.‹ Sie sagt: ›Wo zum Teufel warst du?‹ Sie flippt völlig aus. Und bei so was wie jetzt kann sie absolut brutal werden, das weiß ich. Ich darf dich dann nie wieder sehen.«
»Das können sie gar nicht verhindern. Wir sehen uns in der Schule und wenn ein bisschen Gras über die Sache gewachsen ist, dürfen wir uns auch so wieder sehen, ganz bestimmt.«
»Ich hab nicht nur in der Schule gemeint.«
»Ich weiß, Rosie. Ich will mit dir zusammen sein. In der Schule. Außerhalb der Schule. Rauf und runter, den ganzen Tag. Aber ich hab das Gefühl, ich muss zurück.«
»Na ja, wenn du wirklich meinst. Sollen wir sie anrufen oder was meinst du? Oder einfach aufkreuzen?«
»Na ja, ich denke ... ach, da kommen Star und Leo. Aber wo ist Angel?«

AUFREGUNG

»Hallo, ihr zwei.«
»Hallo, Star. Leo. Wie war's beim Schwimmen?«
»Super. Das Wasser war ... erfrischend ... um es mal so auszudrücken.«

»Erfrischend! Ich hab mir fast den Arsch abgefroren«, schnaubte Leo. »Aber wo ist Angel?«
»Wieso? Sie war doch mit euch am Strand.«
»Ja, aber sie ist zurückgegangen. Sie fing auf halbem Weg schon an zu quengeln, dass sie mit euch beiden spielen will, da haben wir gesagt, sie kann zurückgehen.«
»Hat sie aber nicht gemacht. Sie ist nicht da. Asher hat Holz gesammelt... ich bin ein bisschen spazieren gegangen und dann hab ich geduscht... Angel ist nicht da.«
»Oh, Gott... nein.«
»Keine Panik, Star. Seltsam. Sie kann sich zwischen hier und dem Strand nicht verlaufen haben, da ist doch nichts.«
»Aber wo ist sie dann? Was sollen wir denn machen, Leo? Es ist fast dunkel!«
»Wir suchen jeder in einer anderen Richtung. In fünfzehn Minuten treffen wir uns wieder hier. Okay?«
»Okay.«
»Ja.«
»Alles klar. Ich gehe noch einmal zurück an den Strand. Star, du schaust im Bus nach, du, Asher, guckst da drüben, und Rosie hier, okay?«

PANIK

Vier Menschen laufen in die zunehmende Dunkelheit hinein, ihre Stimmen geistergleich. »Angel«, rufen sie. »Hu-hu, Angel! Aaaaangel! Wo bist du?« Keine Antwort. Nichts. Nur das angstvolle Echo ihres eigenen Geschreis, das wilde Pochen der Herzen, das Donnern der Wellen. Nichts als die tintenschwarze Nacht, die sie umschleicht und gnadenlos umhüllt wie eine Zwangsjacke.

19-UHR-NACHRICHTEN

»Das ist die schönste Zeit des Tages«, denkt John Diamond. »Na ja, sagen wir die zweitschönste.« Seine Lieblingszeit ist der frühe Morgen, wenn er auf der Veranda sitzt, die Hunde zu seinen Füßen, eine Tasse starken Tee trinkt und still zuschaut, wie die blassen Farben der Morgendämmerung den Himmel hell werden lassen, und er ein Gefühl für das Wetter bekommt. Es ist so still, dass man Grashalme umfallen hören kann. Aber der frühe Abend kommt gleich danach. Diese Behaglichkeit! Die Arbeit ist erledigt, er hat ein gutes Essen im Magen, legt die Füße hoch und schaut sich die 19-Uhr-Nachrichten an. Molly werkelt in der Küche herum; bald bringt sie ein Tablett mit einer Kanne Tee und ein bisschen Obstkuchen. Die Gelegenheit zu erfahren, was in der Welt so passiert ist, jenseits von trockener, roter Erde, liegen gebliebenen Traktoren und durch den Zaun geschlüpften Schafen. »So, und womit labern uns die feigen Politiker denn heute Abend wieder zu? Oh, das sieht ihnen ähnlich … man sollte nicht meinen, dass sie sich das so bald nach den Wahlen schon wieder trauen. Elende Gauner in Nadelstreifen, alle miteinander! Und jetzt die Regional-Nachrichten. Zwei Jugendliche werden als vermisst gemeldet. Vermutlich unterwegs in Richtung Byron Bay. Wo zum Teufel liegt das nun wieder? Ein paar Kilometer südlich von Sydney, wenn ich mich richtig erinnere. Oder war das Jervis Bay? Ja doch, das war Jervis Bay. Jedenfalls lässt es sich da unten verdammt gut fischen, wenn ich mich nicht – he, Moment mal, jetzt brat mir einer 'n Storch! Die sehen den zwei, die ich am Samstag mitgenommen habe, aber sehr ähnlich.« Ganz sicher ist er sich ohne Brille nicht und die Haare waren anders, die kleinen Teufel müssen es sich geschoren und was mit der Farbe gemacht haben – »aber ich fress einen Besen, mit Stumpf und Stiel, wenn sie das nicht sind. Ich hab doch gleich zu Molly gesagt, dass mit den beiden was nicht stimmt. Lassen sich mitten in die Pampa mitnehmen und überlegen es sich dann plötzlich anders. Und der ›Mir ist schlecht‹-Trick ist ja eh steinalt. Wollten nicht sagen, wohin sie wollten.« Zwei Kids aus Geraldton, die ein bisschen in der Gegend rumfurzen, hatte er gedacht. »Teufel auch, Ausreißer aus Perth, wer hätte das gedacht.« Na ja, sie konnten warten bis nach dem Sport und dem Wetter, dann würde er die Polizei anrufen, das war klar. »Molly«, ruft er, »was machst du denn, mein Goldschatz, komm doch mal rein. Erinnerst du dich noch an die beiden Anhalter ... «

POLIZEIPOSTEN IN KALBARRI / 19 UHR

Vermisstenanzeige. Angel Parker-Stanford. 4 Jahre alt. Verschwunden zwischen Strand und Campingplatz. Freiwilliger Suchtrupp dringend erbeten.

PERTH / ABTEILUNG FÜR VERMISSTENMELDUNGEN / 19:35 UHR

Betr.: A. Fielding und R. Moon. Aktenzeichen 74837.17496. Von Zeugen gesehen kurz hinter Geraldton, Samstagabend. Mr. John Diamond. Tel. (099) 564 711. Bitte beachten: Anrufer gibt an, beide hätten jetzt kurze blonde Haare.

PERTH / ABTEILUNG FÜR VERMISSTENMELDUNGEN / 19:45 UHR

Betr.: A. Fielding und R. Moon. Aktenzeichen 74837.17496. Wurden von Zeugin gesehen. Mrs. Miriam Perkins, Tel. (099) 747 650. Hat die beiden am Sonntagmorgen als Anhalter nach Geraldton mitgenommen. Bitte beachten: Beide Personen haben lt. Aussage der o.g. jetzt kurzes, blond gefärbtes Haar.

PERTH / ABTEILUNG FÜR VERMISSTENMELDUNGEN / 19:50 UHR

Mrs. Fielding sowie Mr. u. Mrs. Moon informiert.

PERTH / ABTEILUNG FÜR VERMISSTENMELDUNGEN / 20:00 UHR

Alle Polizeiposten zwischen Geraldton und Carnarvon informiert.

HARRY IM BETT / 20:30 UHR

Mam weint, aber Dad sagt, ich soll mir nichts draus machen, es seien Freudentränen. Die Polizei hat angerufen und gesagt, sie hätten Rosie gefunden, oben im Norden in der Nähe von Geraldton. Wir waren da mal, aber ich kann mich nicht mehr erinnern, weil ich noch klein war. Also, Dad hat gesagt, sie hätten Rosie noch nicht direkt gefunden, aber fast. Zuerst dachten sie, sie sei irgendwo im Osten, aber jetzt ist sie im Norden. Dad hat es mir auf der Karte gezeigt. Und stellt euch vor, sie hat was mit ihren Haaren gemacht, abgeschnitten und gebleicht wie ein Punker. Wow. Cool.

Ich bin froh, wenn sie bald wieder da ist. Seit sie weg ist, ist das hier das reinste Irrenhaus. Mam hat viel geweint, richtig traurig geweint, und Dad hat versucht fröhlich zu sein, nur ist er nicht wirklich fröhlich, und Mam drückt mich andauernd, bis mir die Luft wegbleibt. Sogar Beethoven ist mit einer Trauermiene rumgeschlichen. Katzen sind ganz schön schlau. Ein Gutes hat die Sache gehabt: Mam hat Beethoven erlaubt in meinem Bett zu schlafen. Außerdem hab ich mit Simon Mears eine Basketball-Karte gegen einen Müsliriegel getauscht. Er ist ziemlich zermatscht, aber ich heb ihn für Rosie auf. Der schmeckt auch noch, wenn er Matsch ist. Sie kann ihn ja aus dem Papier lecken, aber wie ich sie kenne, wird sie ihn mit einem Löffel oder so essen.

MALVINA UND DER SPIEGEL

Sie zieht ihre schwarzen Samtleggings an, ihr schwarzes T-Shirt und ihren roten, mit goldenen Herzen bestickten Samtmantel. Sie betupft sich mit dem Parfüm, das nach Gardenien duftet. Sie zieht ihre weichen, schwarzen Lederstiefel an und geht hinaus in die Nacht.

MONTAGNACHT / 22 UHR / FLUGHAFEN PERTH

Ein Mann mit grauem Pferdeschwanz und einer alten Ledertasche steigt aus einem Flugzeug. Sein Name ist Nigel. Eine

Frau mit goldenen Mondohrringen erwartet ihn. Ihr Name ist Malvina.

HEISSE SCHOKOLADE BEI GINO / FREMANTLE / 22:40 UHR

»Kurze blonde Haare! Die Rotzlöffel. Aber wenigstens wissen wir, dass sie okay sind, und auch ungefähr, wo sie sind.«

»Die Polizei war optimistisch, dass sie sie in den nächsten Tagen finden. Viel weiter als Geraldton können sie nicht gekommen sein. Kalbarri, hat der Mann gesagt. Wahrscheinlich Kalbarri, aber bestimmt nicht weiter nördlich als Carnarvon.«

»Und was passiert, wenn man sie gefunden hat?«

»Na ja, die Polizei übergibt sie dem Sozialamt und die setzen sie in einen Bus nach Perth. Dann kommt ein Sozialarbeiter zu uns, stellt ein paar Fragen und schickt Asher zu einem sozialen Beratungsdienst. Der Polizist, der angerufen hat, war wirklich nett.«

»Aha. Dann bleibt uns also nichts anderes übrig als zu warten. Du, ich bin total kaputt. Ich muss mich aufs Ohr legen. Und du?«

»Ja, ich bin auch ziemlich erledigt.«

»Dann komm, Mal, lass uns nach Hause gehen.«

MITTERNACHT / POLIZEIPOSTEN IN KALBARRI

Sein Kaffee wird langsam kalt, aber er ist flüssig und süß und schmeckt noch ganz okay. Polizeihauptmeister Dave Walker hofft, dass er eine Nacht wie diese so schnell nicht wieder durchmachen muss. Nie mehr, wenn es nach ihm geht. Gott sei Dank ist das verschwundene Kind wieder aufgetaucht. Für eine Weile hatte es gar nicht gut ausgesehen. Vor allem zu Anfang war die Lage mehr als ernst gewesen. Freiwillige Helfer, die in der Dunkelheit kreuz und quer in alle Richtungen liefen. Einige waren eher eine Last als eine Hilfe, auch wenn Robbo ein netter Kerl ist. Keine Spur von dem verschwundenen Kind. Absolut ausgeschlossen, dass es sich irgendwo in dem niederen Gebüsch

hätte verstecken können. Wellen, die in der Dunkelheit an die Felsen schlagen, die mit jeder Minute wachsende Beklommenheit. Alles deutete darauf hin, dass die Kleine ertrunken war. Das Kind musste von den Felsen gestürzt und ins Meer getrieben worden sein. Alle dachten es. Die Mutter hysterisch. Der Vater still. Und dann, als ob das nicht schon genug gewesen wäre, die Nachricht per Handy, dass die beiden Jugendlichen Ausreißer aus Perth seien. Er hatte sie auch für Kinder des Paares gehalten. Keiner hatte ihm etwas anderes gesagt. »Packt eure Sachen zusammen, Freunde«, hatte er nach dem Anruf zu ihnen gesagt und versucht, in dem ganzen Chaos die Übersicht nicht zu verlieren. Das weiße Gesicht des Mädchens, der Junge, der ihn aufgeregt anfleht: »Aber wir wollen Angel suchen helfen!« – »Tut mir Leid. Packt das Zelt zusammen. Ich fahre euch zum Polizeiposten«, hatte er gesagt. Es hatte sich vernünftiger angehört, als er gefühlt hatte, und sie waren davongestolpert.
Und Gott sei Dank hatte er so entschieden, denn – brat mir einer 'n Storch – dort in dem Zelt saß das verschwundene Kind. Die Kleine war zum Zeltplatz zurückgegangen und wie das Schicksal so spielt, hatte sie die beiden Großen nicht gesehen und die hatten sie nicht gesehen und da war sie in ihr Zelt gekrochen um sich mal ein bisschen umzuschauen. Sie hatte ihre Kleider angezogen, alles durchstöbert, ein paar Bilder gemalt und dann muss sie eingeschlafen sein. Wachte wieder auf, als der Junge den Kopf ins Zelt steckte. Und da saß sie dann, ganz cool, ruhig und gelassen. Ganz die kleine Dame. »Ich bin okay«, hatte sie gesagt. »Mir kann nichts Schlimmes passieren. Murmel passt auf mich auf«, oder so ähnlich. »Anscheinend eine Art unsichtbarer Freund. Merkwürdiges Volk, diese Hippies mit ihren seltsamen Namen und den Schlabberkleidern. Vielleicht heißen sie ja inzwischen nicht mehr Hippies. Wahrscheinlich nennt man sie heutzutage Öko-Freaks. Komische Welt, in der wir leben. Aber es gibt eben solche und solche. Hauptsache, das Kind ist wieder da.

Aber damit war der Spaß noch nicht vorbei. Nicht mit zwei fünfzehnjährigen Ausreißern, die gerade in den Zellen schliefen. Morgen würde er sie nach Geraldton bringen. Sie den Leuten vom Sozialamt übergeben, die sie dann in den nächsten Bus nach Perth setzen würden, falls die Eltern nicht auftauchten. Am besten, er spülte jetzt die Tassen, machte die nötigen Einträge im Dienstbuch und erledigte dann den restlichen Papierkram. Viel Schlaf würde er in dieser Nacht nicht mehr kriegen.

ROSIE WACHT AUF

Hier bin ich also gelandet. In einem kleinen, schauderhaften Raum mit öden, amtsgrauen Wänden. Nur ein schmales Bett mit einer kratzigen grauen Decke, ein Fenster, das auf eine leere Gasse geht, ein Klo und ein Handwaschbecken. Das ist alles. Es muss noch sehr früh sein, aber ich bin schon seit Ewigkeiten wach. Ich bin immer wieder aufgewacht, weil die Schaumstoffmatratze so dünn ist und es ganz schön unbequem war. Außerdem hatte ich kalte Füße. Ich habe immer noch kalte Füße. Ich fühle mich miserabel; allein und traurig und leer. Heute bringt uns der Bulle nach Geraldton und von dort schickt uns dann ein Sozialarbeiter mit dem Bus zurück nach Hause. Mam bringt mich um, das weiß ich, und bestimmt darf ich Asher nie wieder sehen. Wahrscheinlich schicken sie mich sogar auf ein Internat oder so.

In der Nacht hatte ich einen Alptraum. Mam und Dad und Harry und Pip gingen zu irgendeinem wichtigen Ereignis. Sie hatten sich alle in Schale geworfen. Dad trug einen Anzug und Mam einen Hut. Mam trägt sonst nie Hüte. Harrys Haare waren an den Kopf geklatscht und seine Schuhe glänzten wie Glas. Pips Outfit war schwarz und weiß; sie sah aus wie ein Pinguin.

Ich war auch dabei, aber ich war unsichtbar. Alle haben einfach weitergeredet, dann sind sie in eine Limousine gestiegen und ohne mich weggefahren. Kein Wunder geht es mir miserabel. Asher fehlt mir jetzt schon. Ich werde Star und Leo und Angel nie wieder sehen. Ich bin müde und ich habe Hunger und das Gefühl, nirgendwo hinzugehören. Das ist die Hölle.

ASHER WACHT AUF

was ist das für ein krach wo zum teufel bin ich oh nein stimmt ja die polizeistation mann dass es so endet hätte ich nie gedacht wenigstens haben wir angel gefunden sie ist schon eine nummer für sich hatte keine ahnung was die ganze aufregung sollte sitzt da frisch und munter in meinem gestreiften jackett und mit rosies schal um den kopf und grinst von einem ohr zum anderen star und leo waren völlig aus dem häuschen waren wir ja alle der abschied war schwer leo hat meine adresse sagte er würde mir eine postkarte schreiben hat mich ganz fest in den arm genommen leo ist in ordnung dieses zimmer ist vielleicht düster wo kriegt man nur eine so deprimierende farbe her gibt es hinter dem grau noch eine welt ich sitze in einer zelle mann was wir wohl zum frühstück kriegen wenn ich mich nicht täusche rieche ich gebratenen speck würde mir nichts ausmachen wenn es gebratene schuhsohlen wären wahrscheinlich würd ich die auch essen es gab kein abendessen gestern nur eine tasse tee und einen keks dann haben sie mir den gürtel abgenommen als ob ich mich aufhängen wollte abartig wie es rosie wohl geht gestern nacht im auto hat sie auf dem ganzen weg geweint ich beinahe auch fix und fertig das ganze chaos kam einfach über uns jetzt müssen wir zurück und den schlamassel ausbaden was für einen tag haben wir heute ich schätze mal dienstag

HARRY

Heute ist ein sehr schöner Tag. Sie haben Rosie und den Typen gefunden. Mam und Dad haben von der Polizei heute Morgen einen Anruf bekommen. Ich hab noch geschlafen. Nach dem Aufwachen hat Mam es mir gesagt und sie ist total glücklich. Wenn sie mich sonst aufweckt, ist sie normalerweise schon angezogen, weil sie bereits joggen war, und Dad ist schon zur Arbeit, aber heute Morgen waren sie beide noch im Morgenmantel und wir haben alle zusammen gefrühstückt. Mam hat mir zweimal Orangensaft eingeschenkt. Außerdem hab ich meinen Rosinentoast in Dads Tee getunkt und sie hat es nicht einmal gemerkt. Nach dem Abendessen holen wir sie am Busbahnhof ab. Ich bin so gespannt auf Rosie und ihre neue Frisur. Gestern Abend im Bett hab ich noch ein bisschen Hunger gekriegt und ein Stück von dem Müsliriegel abgebissen, aber es ist noch etwas übrig. Rosie versteht das bestimmt. Wenn sie erfährt, dass Beethoven bei mir im Bett schläft, rastet sie garantiert aus. Sie wird sagen, dass es total unfair ist, weil Mam ihr nicht erlaubt, die Katze in ihrem Zimmer zu haben. Aber sie kriegt sie auch mal, wenn ich bei Ted übernachte.

卌 FRÜHSTÜCK BEI GINO

Malvina
Nigel
Ein verschlafener Ober
Ein Kaffee mit Milch
Ein Cappuccino
Zwei Glas Wasser
Ein Brötchen mit Rührei
Ein Müsli, Obstsalat und Joghurt
Eine zerknitterte Ausgabe des ›West Australian‹
Mehrere Lächeln
Zärtlichkeit. Freude. Glück.
Ein paar Kaffeespritzer auf einer Rechnung über 16,95 Dollar

RICHTUNG SÜDEN / 9 UHR

Polizeihauptmeister Dave Walker kommt sich vor wie ein alter Trottel. Er sitzt alleine vorn im Wagen, die beiden Jugendlichen sitzen hinten. Er ist verlegen, fühlt sich überflüssig, als fünftes Rad am Wagen. Er wollte eigentlich den Jungen vorne sitzen las-

sen und das Mädchen hinten, aber bevor er etwas hatte sagen können, Bingo!, waren sie schon beide hinten eingestiegen. Na ja, er kann es ihnen nicht verdenken. Er wollte an ihrer Stelle auch unter keinen Umständen getrennt werden. Wahrscheinlich war das für die nächste Zeit ihre letzte Chance zusammen zu sein. Wenn die Eltern auch nur einen Funken Verstand im Kopf hatten, würden sie die Zügel in Zukunft kürzer halten. Grenzen und Schranken, das ist es, was Kinder brauchen. Falls er mal Kinder haben sollte... ziemlich unwahrscheinlich, da er nicht mal eine Freundin hatte... Trotzdem, die beiden Satansbraten waren irgendwie süß. Man braucht sie nur anzuschauen, wie sie sich aneinander kuscheln, der Junge hat den Arm um das Mädchen gelegt und ihr Kopf liegt auf seiner Schulter. Sie sehen müde aus und traurig.
Müde. Genau wie er. Er hat zwar noch ein paar Stunden geschlafen, fühlt sich aber trotzdem völlig erledigt. Der Kaffee und die Spiegeleier vom Frühstück liegen ihm schwer im Magen. Es würde ein langer Tag werden. Einhundertsiebenundsechzig Kilometer bis Geraldton, dann das Hin und Her auf dem Sozialamt und wieder einhundertsiebenundsechzig Kilometer zurück. Er macht am besten mal das Radio an um ein wenig Unterhaltung zu haben.

LUFTSCHLÖSSER

»Ash?«
»Hmm.«
»Mir ist ein guter eingefallen.«
»Ein guter?«
»Bandname. *Liebesblitz.*«
»Ja, super.«
»Und wie wär's mit *Die Unglaublichen?*«
»Ganz gut. *Road Monsters.*«
»*Sunflowers.*«
»*Doppeldeppen.*«

»*Purpurner Wahnsinn.*«
»*Auszeit.*«
»*Fette Piratinnen.*«
»*Kartoffel.*«
»Nein, *Kartoffel* geht nicht. So kannst du keine Band nennen.«
»Rosie?«
»Hmmm.«
»Es wird schon irgendwie werden.«
»Ja, vielleicht. Ash?«
»Was?«
»Ich bin trotzdem froh, dass wir's gemacht haben.«
»Ehrlich?«
»Ja. Es war einfach geil. Unser ganz großes Abenteuer. Ich meine, irgendwie bin ich auch froh, dass wir wieder nach Hause gehen, aber du wirst mir fehlen.«
»Wir werden uns auch weiter sehen.«
»Hoffentlich. Aber nachts wirst du mir fehlen. Ich werde mich wieder mit Hartley begnügen müssen.«
»Hartley?«
»Mein geliebter Hartley. Das ist nicht dasselbe. Er ist mein Pandabär.«
»Rosie, du bist unmöglich!«
»Unmöglich gut?«
»Besser geht's nicht.«
»Du auch. Besser als Hartley. Besser als jeder andere. Der Allerbeste.«

WIEDER UNTERWEGS

Irgendwann am späten Morgen machten sie sich auf den Weg Richtung Norden, Star und Leo und Angel und Murgelmurtel in ihrem blauen VW-Bus. Zum Frühstück gab es die letzten, überm Lagerfeuer gerösteten Brotscheiben. Nachdem alles gepackt war, fingen sie an. Zuerst legten sie einen Kreis aus Steinen. Dann sammelten sie winzige gelbe Blumen und Samenhülsen und legten daraus einen inneren Kreis und da hinein kam ein Herz aus staubigen, roten Kieselsteinen. »Dies ist ein ganz besonderer Ort«, sagte Leo. »Ein Ort der Dankbarkeit. Ein Ort, wo Verlust und Hoffnung um die Wette getanzt haben und das Gute Sieger wurde. Wir danken, dass uns Angel wohlbehalten zurückgegeben wurde.« Star spielte »Amazing Grace« auf ihrer Flöte. Angel holte ihre rote, marmorierte Murmel aus der Dose und legte sie vorsichtig genau in die Mitte des roten Herzens. Dann stiegen sie in den Campingbus und fuhren weiter.

IN DER BUCHHANDLUNG

»Hallo. Tut mir Leid, dass ich so spät komme.«

»Morgen, Mal. Was gibt's?«

»Willst du zuerst die gute Nachricht hören oder erst die beste?«

»Ich will alles wissen. Gib's mir, Baby.«

»Asher. Sie haben ihn gefunden und Rosie auch. Sie waren oben in Kalbarri, haben mit einem Hippie-Pärchen und deren kleiner Tochter gezeltet. Das Mädchen war plötzlich verschwunden, aber es ist okay, sie haben sie wieder gefunden. Ich kenne keine Einzelheiten, aber das Wichtigste ist, dass Asher und Rosie heute Abend wieder hier sind. Um neun am Busbahnhof.«

»Schön. Einfach wunderbar, dass er heil und gesund ist.«

»Aber das ist noch nicht alles. Jetzt kommt's! Nigel ist hier. Letzte Nacht ist er mit dem Flieger gekommen. Es tut so gut, ihn zu sehen, du kannst dir gar nicht vorstellen, wie gut.«

»Ich kann's wahrscheinlich doch. Kein Wunder, dass du so rosig und strahlend aussiehst. Um die Stimmung zu heben, gibt es doch nichts Schöneres, als so richtig altmodisch zu bumsen. Hab ich recht, Schätzchen?«

»Roger, du bist wirklich unmöglich.«

»Ich tue mein Bestes. Schreibst du jetzt die Rechnung für diese Riesenbestellung oder schreib ich sie?«

LILY AM STRAND

Mutterseelenallein. Keiner da heute Morgen, nicht einmal der Dicke, der wabbelige Hechtspringer. Nur sie und der blaue Himmel. Lily fühlt sich blendend. Rosie kommt nach Hause. Seltsam, wie das Schicksal manchmal so spielt. Wolken und Silberstreifen am Horizont. Wenn es zwischen ihnen nicht so schrecklich gewesen wäre, hätte sie sich nie an Dr. Parker gewandt. Und durch Rosies Weglaufen, wie furchtbar es auch gewesen sein mag, waren sie und Robert sich wieder näher gekommen. Geteilte Gefühle, Zärtlichkeiten in der Nacht, die Situation gemeinsam durchstehen ... sie sind wieder Freunde. Zum ersten Mal seit einer halben Ewigkeit fühlt sich Lily rundum lebendig und glücklich. Die Sonne scheint. Rosie kommt nach Hause.

PLÖTZLICH

Was ist los? Schleudern. Aufprall. Nein. In einer Waschmaschine. Herumwirbeln. Durch die Luft fliegen. Rot. Orange. Sterne. Rauch. Verbrannter Gummi. Gestank. Bitte nicht. Jenseits. Bein. Brustkorb. Nass. Gefühllos. Helft mir. Schreien. Wimmern. Schwarz. Nichts. Nirgends.

MANCHMAL

Manchmal glaubt man zu wissen, wo es lang geht. Man glaubt zu wissen, was jeder Tag bringt. Man glaubt, jedem Atemzug wird ein neuer folgen. So wie es immer war. Man glaubt, dass nach dem Frühstück das Mittagessen kommt und später dann ganz selbstverständlich das Abendessen auf dem Tisch steht. Man glaubt zu wissen, dass der Himmel blau ist und die Bäume grün sind, dass Katzen ein weiches Fell haben und dass das Leben immer so weitergeht, ohne große Probleme, wie ein blaues, endlos langes Band. Doch manchmal täuscht man sich.

GERALDTON / KRANKENHAUS / MITTAGSZEIT

In der Notaufnahme gönnt sich Dr. Prakash eine wohlverdiente Pause. Der Vormittag ist hektisch gewesen. Ein Skateboard-Fahrer mit einer doppelten Fraktur, ein Metallsplitter musste aus einem Auge entfernt werden, ein diabetisches Koma, das medikamentöse Behandlung erforderte, sowie eine schlimme Schnittwunde an einem Finger, die genäht werden musste. Das Telefon läutet. Mist. Das wird wieder mal eine sehr kurze Pause. Schwerer Verkehrsunfall. Drei Verletzte. In zehn Minuten.

ASHER

nein nein bitte kein unfall alptraum mein brustkorb tut so weh ich bin voller blut dickes klebriges blut rosie nein rosie hilfe sie will nicht aufwachen sie blutet am kopf und überall der mann ich glaube er ist tot er darf nicht tot sein er war nett wir sind doch bloß so dahingerollt bald sind wir da sagte er ich hab fast geschlafen lange fahrt nur mist im radio was ist passiert mam hilfe blut rosie rosie nein bitte nicht

NOTRUF

»Flugrettung, Zentrale. Kann ich Ihnen helfen?«

»Hier spricht Dr. Chandra Prakash von der Notaufnahme im Geraldton Hospital. Wir hatten einen schweren Verkehrsunfall, drei Verletzte. Zwei Patienten sollten sofort ins Royal Hospital nach Perth gebracht werden. Bei einem handelt es sich um eine Kopfverletzung. Ich bin mir nicht ganz sicher, wie schwer die Verletzung ist, aber der Fall hat meines Erachtens erste Priorität. Wir brauchen ein Flugzeug mit Druckausgleich und einen begleitenden Arzt. Der andere Patient hat eine gebrochene Rippe, möglicherweise Lungenperforation, steht unter Schock. Er ist nicht so schwer verletzt, aber für weitere Untersuchungen würde ich ihn auch gern nach Perth bringen lassen.«

»Sicher ist sicher. Wir nehmen ein Flugzeug von der Station in Meekatharra. Ich glaube nicht, dass sie heute Morgen schon einen Einsatz hatten, aber ich klingle schnell mal durch und vergewissere mich. Bitte bleiben Sie dran.

–

Dr. Prakash?«

»Ja?«

»Alles in Ordnung. Flieger und Arzt vom Standort Meekatharra sind unterwegs. Sie dürften in fünfundvierzig Minuten in Geraldton sein. Können Sie die Patienten bis Viertel vor zwei zum Hangar bringen lassen?«

»Kein Problem.«

»Schön. Wir holen sie dann in Jandakot ab und bringen sie ins Royal Hospital von Perth.«

»Wunderbar. Vielen Dank.«

»Schon gut. Dann auf Wiederhören.«

HARRY

Irgendetwas stimmt nicht. Mam hat mich nicht von der Schule abgeholt, sondern Neds Mutter. Sie hat uns Maischips und Orangensaft hingestellt und wir dürfen an den Computer, aber ich mag nicht. Ned hat gesagt, ich kann sein Fahrrad haben, aber mir ist nicht nach Fahrrad fahren. Wir haben mit seinem Kaninchen gespielt und ich musste niesen wegen seinem Fell. Blödes Kaninchen. Es kratzt. Ich will nicht spielen. Ich will nach Hause. Neds Mutter sagt, dass Rosie einen Unfall hatte und dass alles gut wird. Aber sie kriegt dabei ganz dünne Lippen und sie schaut mich nicht richtig an. Es muss schlimm sein. Ich weiß nicht, wo Rosie ist, und ich weiß nicht, wo Mam ist. Ned ist ein Idiot. Er kitzelt das Kaninchen dauernd, obwohl es das nicht leiden kann. Seine Mutter sagt, dass ich bei ihnen übernachte. Sie sagt dauernd Schätzchen zu mir. Ich will nach Hause.

UNENDLICHKEIT

Goldenes Licht. Durch einen Tunnel. Immer weiter. Wie Alice. Hinter den Spiegeln. Treiben und schweben und fliegen. Ich bin eine weiße Taube im Flug. Ich fliege mit glänzenden Flügeln über einen Garten, über ein Labyrinth, über Blumenbeete. Malven und Rosen. Eine Harke. Durch die Luft fliegen. Nicht wissen, wohin. Kalt. Eis. Ich bin die Eisprinzessin. Ich bin ein Skelett. Ich bin weiße Knochen. Ich treibe immer weiter dahin. Kristalle. Schweigend im frischen Schnee. Loslassen. Loslassen ist einfacher. Ich gehe jetzt. Der Pandabär mit den traurigen Augen sagt nein. Er ruft meinen Namen.

ASHER / STATION 2 / 19 UHR

die schwester hat mir pethidin gegeben shirley heißt sie sie ist dick sie ist nett mir ist ganz komisch und ich bin müde und mir ist warm dad ist da wie ist dad hierher gekommen ich träume nicht zumindest glaube ich es nicht er und mam sind was zu essen holen gegangen ich hab ihnen von dem flugzeug erzählt es war eine conquest weiß mit einem blauen streifen innen war es sehr eng wie in einem campingbus zwei sitze und zwei tragen der arzt und der krankenpfleger saßen auf den sitzen ich lag auf der einen trage rosie auf der anderen sie ist nicht aufgewacht rosie wach auf ihre haare ganz verklebt braun von angetrocknetem blut wie erde dad sagte keine sorge junge sie kümmern sich um rosie bitte lass es nichts schlimmes sein zuerst war es im flugzeug laut dann war es leise es gab sauerstoffmasken und flaschen unsere ganzen sachen sind weg vielleicht schickt sie uns jemand nach mein zelt ist weg der polizist er heißt dave lass ihn nicht tot sein dad ist hier wie ist dad hierher gekommen warm wie frisch gebackene brötchen meine füße bin müde alles ist sehr seltsam

MITTEN IN DER NACHT

In dem unheimlichen, hellen Licht des Krankenhausflurs begegnen Lily und Robert Malvina und Nigel. Lily hält krampfhaft eine Plastiktasse mit einer trüben Flüssigkeit in der Hand, die keinerlei Ähnlichkeit mit Kaffee hat. Keiner weiß so recht, was tun oder sagen. Robert schüttelt Nigel die Hand. Lily und Malvina versuchen ein Lächeln und kämpfen gegen Müdigkeit und Tränen. Schwerfällige Worte werden gewechselt. Gebrochene Rippe. Glück gehabt. Er schläft jetzt. Sie ist immer noch bewusstlos. Untersuchungen. Morgen früh weiß man mehr. In unsere Gebete einschließen. Alles Gute dann. Gute Nacht.

LILY

Lieber Gott, lass Rosie überleben. Ich werde alles tun. Egal, was es ist. Kümmer dich um meine Rosie. Sie hat doch das ganze Leben noch vor sich. Sie ist ein liebes Mädchen. Die Welt braucht Menschen wie sie. Als sie klein war, wollte sie ihr Abendessen in ein Handtuch einwickeln und den Armen schicken. Sie war immer fröhlich und unbeschwert. Ist den ganzen Tag herumgehüpft und hat gespielt. Hat Geschichten geschrieben und sie uns ganz ernsthaft vorgelesen. ›Der Zauberschirm‹, von Rosie Elizabeth Moon. Hat Harry im Kinderwagen spazieren gefahren. Einmal ist sie mit ihm zurückgekommen und hatte seine Decke mit roten Hibiskusblüten geschmückt und ihm eine hinters Ohr gesteckt. Er ist nicht mal aufgewacht. Die Göre. Hat Beethoven meine beste Unterwäsche angezogen. Der Nasenring macht mir nichts aus. Die ewigen Streitereien machen mir nichts aus. Nichts macht mir etwas aus, Gott. Du kannst von mir verlangen, was du willst, aber du musst mir Rosie zurückgeben. Tu es gefälligst. Ich bitte dich nicht darum. Ich verlange es.

MITTERNACHT / SCHICHTWECHSEL

»Hallo, Shirley. Wie war die Nacht?«

»Gar nicht so schlecht. Am Anfang war etwas mehr los, aber jetzt ist es ruhig.«

»Was muss ich wissen?«

»Es steht alles auf den Laufkarten. Die Frau in Bett sieben hat große Schmerzen, alle zwei Stunden Morphium. Ein junges Mädchen in Bett elf, mit dem Flugzeug aus dem Norden runtergekommen, mit Verdacht auf Schädelbruch. Wenn wir Glück haben, ist es nur eine Platzwunde und eine Gehirnerschütterung – wir warten noch auf die genauen Untersuchungsergebnisse, aber Dr. Page meint, dass es gut aussieht. Ihr Kreislauf ist stabil. Sie dürfte bald aufwachen, wird dann aber ziemlich durcheinander sein. Ihre Eltern sind bei ihr.«

»Okay.«

»Ich hau dann ab. Hab noch eine Verabredung mit einem heißen Bad und einem rotweißen Pyjama.«

»Bis dann, Shirl.«

AM MORGEN / ASHER

noch ziemlich früh halb sieben auf der station klirrt und klappert es schon überall ein pfleger hat mich geweckt fieber gemessen shirley hat dienstfrei der pfleger heißt steven er hat drei goldene ringe in einem ohr ziemlich cooler typ er sagte mam und dad seien nach Hause gegangen um ein bisschen zu schlafen nach dem frühstück kommen sie wieder ich habe eine gebrochene rippe es tut weh ein verband kein gips ich darf allein aufs klo gehen und herumlaufen solang ich es nicht übertreibe der mann im bett neben mir hat einen schlauch in der nase und macht ziemlich widerliche, pfeifende geräusche hoffentlich bringt mam mir ein t-shirt und meine trainingshose mit dieses bescheuerte weiße nachthemd hat nicht mal ein rückenteil hoffentlich kauft sie mir keinen schlafanzug nur kleine kinder und alte männer tragen schlafanzüge steven weiß nicht wie es rosie geht aber er sagte er will für mich nachfragen ich hab ihm gesagt dass es sehr dringend ist gestern abend hatte ich schreckliche angst aber jetzt ist es tag und alles sieht schon wieder besser aus sie muss einfach okay sein da kommt eine lady mit rosa uniform und riesigen möpsen der wagen mit heißen getränken kakao bitte ich bin so lallig muss das pethidin sein mir ist ganz seltsam davon richtig high aber weiter unten bin ich ziemlich ramponiert mein brustkorb ist zu fest verbunden tut weh und ich will endlich wissen was mit rosie ist

BIZZAR

Ein Markt oder Basar. Farbenprächtig. Überall Leute. Vogelgezwitscher. Gelbe Wellensittiche und Regenbogenfinken im Sturzflug. Ein Blumenstand mit Veilchen und Stiefmütterchen und Fresien, mit rosafarbenem und rotem Seidenpapier zu leuchtenden Sträußchen gebunden. Ein Land der tausend Tänze. Ein eleganter Springbrunnen mit hellblauen und rosa Wasserfontänen. Eine Skulptur aus riesigen Buntstiften. Kleine Jungen, die Kastanien und Orangen verkaufen. Ein Zigeuner in gestreiften, weiten Satinhosen singt Opernarien. Drei weiße Pudel. Ein Tisch mit Hüten, altmodischen aus Filz und Rosen und Bändern. Reihenweise Papierpuppen. Zierliche Schuhe mit aufgerollten Spitzen und Glöckchen daran. Torbögen. Fenster. Eingänge. Sonnenschein geht in Dämmerung über. Schatten. Ich weiß nicht, wo ich bin. Ein fremdes, hartes Bett. Ich liege. Kopfschmerzen. Jemand hält meine Hand und streichelt sie.

LILY UND ROSIE

»Mam, Mam ...«

»Es ist alles gut, Liebes. Ich bin hier. Dad ist auch da.«

»Was ist passiert?«

»Ein Autounfall. Ihr wart auf dem Heimweg und der Polizist ist am Steuer eingeschlafen. Du bist im Royal Hospital in Perth. Jetzt ist alles gut. Du bist in guten Händen. Alles ist gut.«

»Wie geht's Asher?«

»Gut. Er hat eine gebrochene Rippe, aber sonst geht es ihm gut.«

»Wo ist er?«

»Er ist auf Station zwei. Es geht ihm gut. Asher geht es gut.«

»Kann ich ihn sehen?«

»Später, Liebes.«

»Und der Polizist, was ist mit ihm?«

»Er ist okay. Ein paar Knochen gebrochen. Mach dir keine Sorgen. Es wird alles gut. Ja, komm, heul dich aus. Robert, sagst du bitte der Schwester Bescheid? Sie werden wahrscheinlich nach ihr sehen wollen, jetzt, wo sie wach ist.«

𝍸 **WAS MALVINA UND NIGEL ASHER MITBRINGEN**
Eine Tafel Schokolade
Ein ›Mad‹-Heft
Drei Mandarinen
Nigels kariertes Nachthemd

WAS ASHER SAGT
»Das Ding zieh ich nicht an.«
»Aber warum denn nicht?«
»Ausgeschlossen, Dad. An einem alten Knochen wie dir sieht es vielleicht ganz gut aus, aber ich zieh's nicht an. Ich seh darin aus wie ein Fliegenpilz.«
»Willst du nicht, dass die Schwestern deine supertollen langen Beine sehen?«
»Nimm ihn nicht auf den Arm, Nigel. Möchtest du lieber einen Schlafanzug?«
»Genauso wenig. Aber der Pfleger hat ohnehin gesagt, ich kann heute nach der Visite schon wieder nach Hause gehen.«
»Und wann wird das sein?«
»Gegen zwei.«
»Super. Fantastisch. Und wie fühlst du dich heute?«
»Ganz okay. Ein bisschen kaputt noch. Mam, wie geht es Rosie? Der Pfleger hat gesagt, er will sich für mich erkundigen, aber er hat so viel zu tun gehabt.«
»Ich weiß es nicht. Wir sind direkt zu dir gekommen. Gestern Abend war ihr Zustand stabil. Wir haben ihre Eltern auf dem Flur getroffen.«
»Kannst du dich erkundigen?«
»Was meinst du, Nigel?«
»Klar, warum nicht. Soll ich mitkommen?«
»Nein, ich geh schon. Bleib du hier bei Ash.«

PIPPA

Rosie hatte einen Autounfall. Sie ist im Krankenhaus, aber es wird alles gut. Ihre Mutter hat heute Morgen angerufen. Ich darf sie in der Mittagspause besuchen. Ich zieh meine rosa Schlaghose und das silberne Stretch-Top an. Ich kann's kaum erwarten, bis ich sie sehe. Gott sei Dank ist sie okay. Ich bin so gespannt, wie ihre Haare aussehen. Und was sie zu meiner neuen Farbe sagt. Ich kann's kaum erwarten, alles zu hören. Ein echtes Abenteuer. Ob sie mit ihm geschlafen hat?

ROSIE / UM DIE MITTAGSZEIT

Das war also ein Krankenhaus-Mittagessen: Suppe und Kartoffelbrei. Normalerweise gibt man einen Zettel ab, auf dem man die Kästchen angekreuzt hat, aber ich bin für die ersten 24 Stunden auf Schonkost gesetzt. Vor dem Mittagessen hab ich geduscht. Die Schwester hat mir geholfen, weil ich immer noch ganz wackelig bin. Meine Haare haben furchtbar ausgesehen, ganz verklebt mit getrocknetem Blut. Um die Platzwunde herum haben sie ein bisschen was abrasiert, aber es sieht nicht zu schlimm aus. Ich hab immer noch wahnsinnige Kopfschmerzen und das eine Bein sieht entsetzlich aus, ganz rot und geschwollen. Ich muss hier bleiben, zur Beobachtung und weil noch ein paar Untersuchungen gemacht werden müssen, aber übermorgen kann ich nach Hause. Dad und Mam sind wieder gegangen, aber Mam kommt heute Nachmittag noch einmal mit Harry und Dad kommt nach der Arbeit wieder. Ich will zu Asher, aber die Schwester hat gesagt, ich muss im Bett bleiben. Ich möchte nur wissen, warum er mich noch nicht besucht hat.

ASHER

in diesem blöden weißen hemd geh ich nicht rauf das karierte teil zieh ich auch nicht an dad hatte recht meine beine sind zu dünn ich würde aussehen wie ein idiot mam hat meine kleider mitgenommen sie bringt frische mit denen ich nach hause gehen kann sie und dad kommen später wieder und holen mich ab was soll ich bloß anziehen getraue ich mich aber was soll ich sonst machen er wird nichts dagegen haben er ist im la-la-land und braucht ihn nicht opilein ich leih ihn mir nur aus genau das was ich mir schon immer gewünscht habe einen braun gestreiften wollenen morgenmantel aber was soll's steven ist am anderen ende der station bei dem mann der ständig klingelt da geh ich doch einfach mal ganz locker zur toilette bis später opi nur nichts anmerken lassen und weg bin ich durch die schwingtüren an den aufzügen vorbei und die treppe hinauf ganz gemächlich dann merkt's keiner mann der boden ist ja schweinekalt

HALLO, ERDLING

»Hallo.«

»Auch hallo.«

»Ich hab mich schon gefragt, ob du wohl noch kommst.«

»Ich wollte schon eher kommen, aber ich musste etwas zum Anziehen finden, das meinen Hintern vor der Welt verbirgt. Das hier hab ich mir von dem alten Mann im Bett neben mir ausgeliehen. Gefällt's dir?«

»Super. Meine Mutter bringt mir nachher mein Nachthemd. Die weißen Krankenhausnachthemden sind auch nicht gerade der letzte Schrei, was?«

»Kannst du wohl sagen. Hier, ich hab dir was mitgebracht. Wie geht es dir?«

»Ziemlich gut. Ich hab Kopfschmerzen und bin noch wackelig auf den Beinen, aber die Schwester meint, das sei normal. Ich muss zwei Tage hierbleiben zur Beobachtung und weil noch ein paar Untersuchungen gemacht werden müssen. Und du?«

»Ich bin okay. Ich hab einen Verband um die Brust, mehr nicht. Heute Nachmittag werde ich entlassen. Deshalb hab ich mich jetzt noch schnell hergeschlichen. Ich muss bald wieder zurück wegen der Visite.«

»Ich bin so froh, dass du da bist, Ash. Das ist alles so chaotisch.«
»Ja. Ich dachte, du wärst tot. Im Flugzeug hast du nur dagelegen. Und überall war Blut.«
»Ich kann mich an gar nichts erinnern. Nur dass der Wagen ins Schleudern kam. Dann nichts mehr. Bloß noch diese merkwürdigen Träume.«
»Wir haben Glück, dass wir noch leben.«
»Ja, der Polizist auch. Dad hat es mir erzählt. Großes Glück. Er liegt mit mehreren Knochenbrüchen im Geraldton Hospital.«
»Vielleicht können wir ihm eine Karte schicken.«
»Klar. Mir kommt alles so unwirklich vor. Dir auch, Ash?«
»Ja … Oh, Mist, die Schwester schaut schon ganz böse. Ich mach mich vom Acker, bevor sie mich hier rausschmeißen.«
»Ich wünschte, du könntest noch bleiben, Ash. Ich ruf dich an, sobald ich zu Hause bin, ja?«
»Was wird deine Mutter dazu sagen? Vielleicht lässt sie mich gar nicht mit dir reden. Sie denkt wahrscheinlich, es ist alles meine Schuld.«
»Ich ruf dich an, okay?«
»Ja. Tschüss, Rosie.«
»Bis dann, Ash.«

ROSIE

Asher ist weg. Er sah komisch aus in dem Opa-Morgenmantel. Wir haben Händchen gehalten. Er hat mir ein ›Mad‹-Heft mitgebracht. Alles ist gleichzeitig schrecklich und wunderbar und fremd. Ich schlafe ein.

PIP BRINGT

Einen Strauß weiße Geranien, den sie unterwegs gepflückt hat
Einen Kirschriegel, auf legalem Weg erworben
Ein Briefchen von Mr. Epanomitis
Weinrotes Haar
Ihr breitestes Grinsen

MALVINA UND NIGEL

Er holt sie um 14 Uhr in der Buchhandlung ab. Er sagt nicht, wo er war. Sie fragt nicht. Der Himmel hängt voller grauer Wolkenfetzen und die Straße ist leer. Sie gehen Richtung Taxistand, doch kurz bevor sie dort sind, bleibt Nigel bei einem alten weißen Kombi stehen. Holt einen Schlüssel aus der Tasche. Gibt ihn ihr.

»Was ist das?«

»Wonach sieht es aus, Herzchen?«

»Es sieht nach einem Auto aus, aber wem gehört es?«

»Dir. Mir. Uns.«

»Uns?«

»Ja, uns. Ich dachte, ich bleib vielleicht 'ne Zeit lang hier. Man könnte doch noch einmal einen Versuch machen.«

»Man?«

»Wir. Das heißt, wenn du willst.«

»Nigel, sagst du das jetzt nur wegen Asher?«

»Nein. Ich sage es, weil ihr mir beide wie verrückt gefehlt habt und weil ich glaube, dass wir es schaffen könnten. Ich möchte es wirklich versuchen. Was meinst du?«

»Ich meine ... ich meine, das ist eine von deinen besseren Ideen.«

»Und Asher?«

»Asher?«

»Meinst du, er lässt uns?«

»Ich schätze, ja.«

DER BRIEF VON MISTER E.

Rotes Tonpapier zu einer Doppelkarte gefaltet mit einem von Hand gemalten Rand aus Gänseblümchen und Friedenszeichen. Mit schwarzem Filzstift steht da:

WERDET BALD GESUND, ROSIE UND ASHER!

Englisch ist einfach nicht dasselbe ohne euch. Wir haben Tennyson, wir haben Kerouac, aber wir haben euch nicht. Alles Gute von sämtlichen Mitschülern und von Tim Epanomitis

HARRY

»Hi, Rosie, ich hab dir fast einen ganzen Müsliriegel mitgebracht. Er ist ein bisschen angematscht, schmeckt aber gut.«

»Danke, Kumpel. Wie geht's dir, Kleiner?«

»Sag nicht Kleiner zu mir. Mir geht's gut. Ich musste bei Ned übernachten. Ich hab im oberen Stockbett geschlafen. Hast du keinen Fernseher?«

»Nö, die muss man mieten. Du kannst im Aufenthaltsraum fernsehen, wenn du willst.«

»Wo ist der Aufenthaltsraum?«

»Da hinten.«

»Kann ich mal hin, Mam?«

»Aber verlauf dich nicht. So, wie fühlst du dich, Kleines?«

»Besser. Ich habe fast den ganzen Nachmittag geschlafen. Pip war kurz da. Sie hat jetzt weinrote Haare. Sieht scharf aus. Und Asher hat mich nach dem Mittagessen besucht.«

»Wie geht es ihm?«

»Gut. Sie haben ihn entlassen. Mam, ich darf mich doch weiter mit ihm treffen, ja?«

»Na ja ... so lang es sich in Grenzen hält.«

»In welchen?«

»Lass uns darüber reden, wenn du nach Hause kommst. Wir finden schon eine Lösung.«

»Mam?«

»Ja?«

»Ich bin froh, dass ich wieder zu Hause bin.«

»Mam, Mam, ich hab den Aufenthaltsraum gefunden, aber da läuft nur die langweilige ›Sesamstraße‹. Kann ich in den Aufzügen spielen? Hey, Mam, wieso weint ihr denn?«

»Weil wir glücklich sind, deshalb. Wie wär's, wenn du dich mal hier auf den Stuhl setzt und dir das ›Mad‹-Heft anschaust?«

»Also gut. Du, Rosie?«

»Ja?«

»Kann ich deinen Kirschriegel haben?«

ZWEI WOCHEN SPÄTER / HARRY

Seit heute bin ich in der Fußballmannschaft. Dienstags nach der Schule ist Training und samstags spielen wir auf dem Sportplatz. Mam kauft mir diese Stollenschuhe, die 34 Dollar kosten. Schwarze Shorts hab ich schon und beim ersten Spiel kriege ich ein Trikot. Die Mütter wechseln sich mit dem Waschen ab. Mam sagt, sie wäre auch lieber ein Kind und könnte sich im Dreck wälzen.

Rosie ist jetzt schon ewig lang wieder da. Mam hat gesagt, sie muss sich die Haare wieder dunkelbraun färben, weil es rausgewachsen ist. An den Wurzeln war es schwarz und der Rest war gelb. Mam hat gesagt, es sieht ungepflegt aus. Ausnahmsweise hat Rosie mal gemacht, was Mam gesagt hat. Im Moment kommen sie gut miteinander aus. Das kann aber bestimmt nicht ewig dauern. Asher hat sein Haar auch wieder braun gefärbt. Sie mussten zwanzig Minuten lang mit braunem Glibber und Plastikfolie auf dem Kopf auf der Veranda sitzen. Ich wollte sie fotografieren, aber sie haben mich nicht gelassen. Aber jetzt kommt das Schärfste: Asher und Rosie gehen jetzt miteinander. Er kommt zu uns zum Fernsehen und sie sitzen auf der Couch und halten Händchen. Diese Schmusepuselei ist ätzend. Finden jedenfalls Ned und ich. Beethoven schläft immer noch bei mir. Rosie versucht ihn zwar wegzulocken, aber ich bewahr immer was von meinem Abendessen auf, Wurst oder Fleisch, und leg es unter mein Bett. Es funktioniert einwandfrei.

ASHER / FREITAGABEND

ich war heute nach der schule bei diesem therapiefritzen mam und dad meinten es sei eine gute idee er ist nett groß und hat einen bart man kann gut mit ihm reden ein bisschen wie leo er heißt tony wir haben über den unfall gesprochen irgendwie fühl ich mich schon schuldig wegen dave und weil sich alle solche sorgen um uns gemacht haben aber tony sagt ich darf nicht so streng mit mir sein er hat gesagt lebe dein leben und genieße jeden tag ganz bewusst tony hat gefragt wie es so läuft bei mir ich hab ihm gesagt ziemlich gut dass dad und mam wieder zusammen sind ist ein wunder ich hätte nie gedacht dass das passiert in der schule läuft es besser als vorher mrs hyde ist zuckersüß die alte heuchlerin wir üben abseilen an der kletterwand ich hab zwei neue freunde thomas ist super mann ist der komisch und leon ist cool er kommt aus tasmanien tony hat auch nach rosie gefragt ich hab nur gelächelt wollte nicht noch einen vortrag über safer sex wir haben's noch nicht getan wenn du's genau wissen willst wir machen viel miteinander rum wir sehen uns ständig sie ist das netteste mädchen das ich je getroffen habe jesse hat mir eine karte geschickt sie ist jetzt mit sam zusammen die welt steckt wirklich voller überraschungen ich spare auf eine elektrogitarre werde meine kamera verkaufen und mir einen samstagsjob suchen um das restliche geld zusammenzukriegen wir wollen eine band gründen wir haben jede menge pläne gleich fängt der film an was ist denn im kühlschrank wie wär's mit einem teller aprikosenstreuselauflauf und einem kräftigen schuss vanillesoße das leben schmeckt fantastisch

ROSIE / MONTAGMORGEN

Gestern hatte Malvina Geburtstag. Sie und Nigel und Asher und ich sind zum Essen in ein türkisches Restaurant gegangen. Es gab Champagner und herrliches Brot und Knoblauch-Dips und Fleischspieße. Ich hab Malvina Badeöl geschenkt, Rose und Geranie, mit Silberfolie drum herum und einem Band aus rosa Bast. Von Asher hat sie Ohrringe mit blauen Perlen bekommen, die wir auf dem Markt entdeckt haben, und Nigel hat ihr ein Buch über japanische Haikus gekauft. Nigel ist echt super. Nächste Woche fliegt er nach Byron Bay zurück, um ihr Haus zu vermieten, dann geht's nach Darwin, wo er irgendwas Geschäftliches erledigen muss, und dann kommt er wieder. Ich hatte schreckliche Angst, sie könnten alle wieder nach Byron Bay ziehen, aber jetzt wollen sie erst mal mindestens ein Jahr in Perth bleiben und dann weitersehen. Ich kann's nicht glauben, dass Mal und Nigel wieder zusammen sind. Ash ist ganz aus dem Häuschen. Er sieht gar nicht mehr traurig aus. In den Ferien wollen sie irgendwo im Süden zelten und sie haben mich eingeladen. Mam hat gemeint, sie würde es sich überlegen. In letzter Zeit sind wir ganz gut miteinander klargekommen. Es könnte noch besser sein, aber wenigstens versucht sie ab und zu, mich so sein zu lassen, wie ich bin. Asher ist ständig bei uns und wir dürfen auch weggehen, wenn ich bis elf wieder zurück bin. Ich bearbeite sie gerade, dass sie's bis Mitternacht ausdehnt. Das einzig Peinliche ist, dass Mam ständig versucht, mit mir über Sex und Kondome zu reden. Pip fragt auch immer, ob ich mit Asher schlafe. Wir haben's noch nicht getan. Nur fast. Aber irgendwann ist es so weit. Und übrigens: Irgendwann will ich vielleicht auch mal ein Baby haben. So ungefähr in zehn Jahren. Und es wird Lotus oder Jasmin heißen. Aber es gibt haufenweise andere Dinge, die ich unbedingt noch vorher machen will. Zuerst gründen wir eine Band. Pip kann Querflöte spielen und nächstes Jahr lernt sie Saxophon. Asher spart auf eine richtig gute Gitarre und ich singe. Wir brauchen nur noch einen zweiten Gitarristen, einen Schlagzeuger und vielleicht einen Keyboarder. Thomas Corkingdale hat gemeint, wir könnten bei ihnen üben. Er hat eine billige Elektrogitarre und sein Bruder hat einen Verstärker. Wie die Band heißen soll, haben wir noch nicht entschieden. Asher ist für *Strandgut*, Pip für *Fruitloop Highway* und ich für *Die Vogelscheuchen*. Aber wir denken alle noch mal darüber nach. Außer der Band wollen wir auch noch einen Kombi mit anständigen Reifen und einem Haufen PS, mit dem wir durch Australien fahren können. Wir wollen Star und Leo wieder finden, an den schönsten Plätzen zelten, zum Geldverdienen als Obstpflücker arbeiten, uns in der Musikszene von Sydney umhören. Dann geh ich vielleicht an die Uni und werde eine berühmte Schriftstellerin. Wir müssen bloß erst mal die Schule fertig machen. Ich heiße Rosie Moon. Mein Sternzeichen ist Widder. In meiner Familie haben alle Frauen Blumennamen. Ich bin fast sechzehn Jahre alt. Ich wohne dicht am Meer. Meine Hobbys sind Lesen, Rosen, Schwimmen, abends lange aufbleiben, Schokolade und Wolken. Ich habe kurzes, lockiges, dunkelbraunes Haar und eine winzige Narbe von einem Nasenring. Ich sehne mich nach einem prickelnden, aufregenden Leben. Wenn ich mich nachts aus dem Fenster lehne, kann ich es schmecken. Da draußen ist es und wartet nur auf mich.

Wendy Orr

Der Ernstfall

oder Fang an zu leben!

Anna hat alles, was man sich wünschen kann: Sie ist hübsch, sportlich und beliebt. Alles scheint bei ihr nach Plan zu gehen. Aber eines Tages geschieht das Unvorstellbare: Anna wird bei einem Autounfall schwer verletzt – sie bricht sich einen Halswirbel. Danach ist nichts mehr, wie es war. Aber Anna kämpft. Und wie sie kämpft! Mit ungeheurer Willensstärke gelingt es ihr, die Schmerzen zu überwinden. Und obwohl sie allmählich begreift, dass sie nie mehr die Alte sein wird, dass sie auch schwere Rückschläge wird verkraften müssen, bekommt Anna ihr Leben wieder in den Griff. Und zuletzt lernt sie auch Lukes Zuneigung zu akzeptieren.

Wendy Orr hat selbst einen schweren Autounfall miterlebt. Mit beeindruckender Direktheit und Heftigkeit erzählt sie, wie viel Mut und Kraft in einem Menschen stecken können, wenn sie ihm abverlangt werden.

Ab 14 Jahren, 220 Seiten

aare

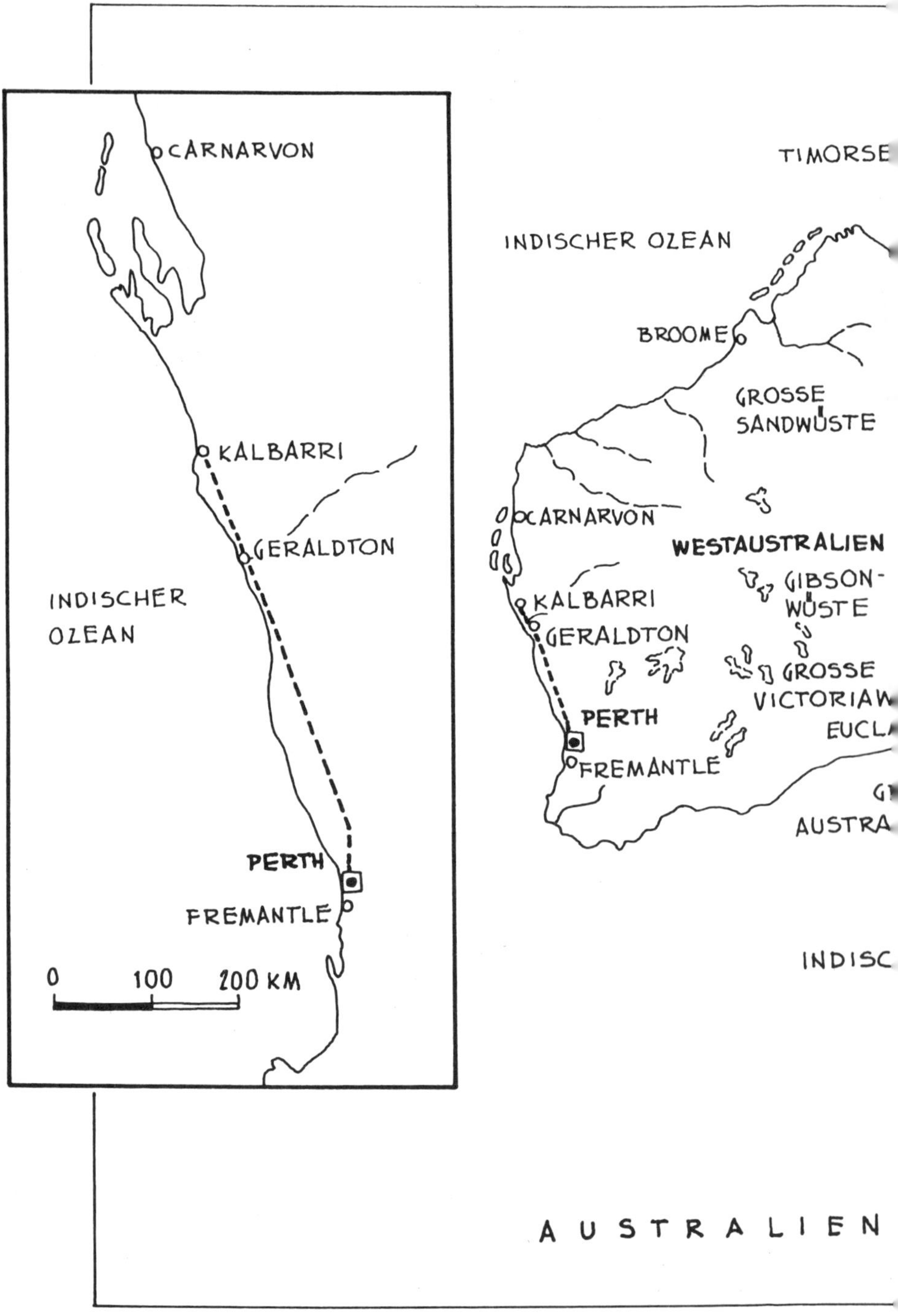
CARNARVON
KALBARRI
GERALDTON
INDISCHER OZEAN
PERTH
FREMANTLE
0 100 200 KM
INDISCHER OZEAN
BROOME
GROSSE SANDWÜSTE
CARNARVON
WESTAUSTRALIEN
GIBSON-WÜSTE
KALBARRI
GERALDTON
GROSSE
PERTH
FREMANTLE
AUSTRALIEN